Spring. Every day

Spring, Everybody

그렇게 나를 만들어간다

장마리아 그림에세이

그렇게 나를 만들어간다

사랑하는 부모님과 가족들, 곁을 지켜준 카일,

그리고 오랜 친구 유리에게

감사의 마음을 전합니다.

하나의 세계가 열릴 때

아주 오래전부터 자신에게 관심이 많던 나는, 수없이 많은 질문으로 내면의 소리에 귀를 기울였다. 내가 열망하는 것은 무엇인가? 무엇이 나를 설레게 만드는가? 하지만 손쉽게 답을 찾기란 어려웠다. 힘들게 진행한 첫 개인전 이후로 슬럼프가 찾아와 3년 동안 아무것도 하지 않았다. 그 후 30대 초반에 갑자기 한쪽 눈이 보이지 않았고, 화가로서의 삶이 끝났다는 감정에 사로잡혔다. 우울하고 무기력했다. 무언가를 다시 시작할 수 있을까 두려웠다.

그러던 어느 날이었다. 미국 드라마를 보는데 이런 대사가 나왔다. "Stop complaining and do something about it(이제 불평은 그만하고 뭐라도 해보세요)." 마치 나에게 던지는 말 같았다. 계속해서 그 문장을 속으로 되뇌었다. 그때부터였던 것 같다. 예술가로서 다양한 재료와 화풍에 대한 시도를 거듭하며 솔직한 나의 이야기를 그림으로 풀어내려 노력했던 것이. 그렇게 나만의 시그니처가 생겼고, 새로운 작업의 역사가 만들어졌다. 또 화가로서 다시 살아갈 용기를 얻었다.

누구나 처음부터 완벽할 수는 없다. 작은 것 하나라도 행동으로 옮기면 무슨 이야기를 하고 싶은지가 또렷해진다. 진부한 이야기 같지만 완전한 사실이다. 수없는 무너짐과 일으킴을 통해 이를 깨달

왔다. 실패와 변화는 더 이상 두렵지 않다. 오히려 아무것도 하지 않는 현실이 더 두렵다.

그렇게 나의 작업은 오늘도 계속되고 있다. 넘쳐흐른다. 멈추고 부었다 다시 멈춘다. 지었다가 허물고 다시 또 세운다. 그렇게 허물고 짓는 과정을 통해 무한한 세계를 만들어가는 나름의 방식을 배웠다. 나는 새롭게 시작하는 이 순간을 누구보다 소중하게 생각한다. 그러니 뭐라도 하길 바란다. 있는 그대로 자신을 받아들이지 못하면 얼마나 불행할지, 하고 싶은 것을 하지 못하고 산다면 얼마나 후회될지를 떠올리면서. 일곱 빛깔로 무난하게 변화하는 당신의 내일을 약속한다.

"Stop complaining and do something about it."

차례

프롤로그 하나의 세계가 열릴 때 · 006

PART 01 | 우리가 닮고 싶던 나날들

너의 이름은 · 016

우리의 세상은 너무도 달라서 · 018

자연을 오마주하는 일 · 020

수량의 특혜 · 022

가장 좋아하는 것들의 마음 · 024

서투름의 말로 · 026

삐끗의 속말 · 028

액자 밖의 비밀 · 030

나만의 분류법 · 032

아그리파의 계시 · 034

덮을 줄 아는 용기 · 038

모방의 투쟁 · 040

별빛 아래의 방 · 042

아프리카, 아프리카, 아프리카 · 044

지상의 작은 기적 · 046

보통의 수호신 · 048

착한 결론 · 050

사라진 자들의 행방 · 052

그러지 말아요 · 054

미묘한 기류 · 056

PART 02 | 타인이 바라보는 나의 얼굴

이런 사람 · 062

변색의 나날들 · 064

기꺼이 끌어안아라 · 067

행불행의 법칙 · 068

청색의 시대 · 070

결핍이 필요한 순간 · 072

벌거벗은 이야기 · 074

잊을 수 없는 비평 1 · 076

잊을 수 없는 비평 2 · 078

회복의 그레이 · 080

우리 사이에 놓인 세계 · 083

외부의 얼굴들 · 084

덧칠의 시간 · 086

밑줄 그어진 아이 · 088

시간의 질서 · 090

부릴 수 없는 욕심 · 092

모두를 위한 감동은 없다 · 094

첫 번째 콜렉터 · 096

보이지 않는 것을 본다는 것은 · 098

삶과 작업 · 101

PART 03 | 가려진 내 안의 나를 꺼내다

꽃잎 몇 개 · 106

저것이 나일지도 모른다 · 108

새벽녘의 진심 · 110

봄처럼 살아라 · 113

발 빠른 포기 · 114

0으로 가는 마음 · 116

무너뜨릴 줄 아는 사람 · 118

틈과 틈에 대하여 · 120

최적의 거리 · 122

아주 작은 시작 · 124

어쩌면 가장 듣고 싶었던 말 · 126

어떤 해답 · 128

중간에서 바라보기 · 130

변했다는 말 · 132

애타게 찾고 있었던 것 · 134

마음밭의 주인 · 138

주황의 마법 · 140

품위를 다루는 방식 · 144

한 장의 힘 · 148

'과감히'의 중요성 · 152

PART 04 | 단 하나뿐인 세상의 빛으로

첫 물들이기 · 158

침투 · 160

어느 날의 그림체 · 162

위기는 기회다 · 166

스밈의 태도 · 170

모네가 일러준 사실 · 174

화음의 춤 · 178

간섭과 관섭 1 · 180

간섭과 관섭 2 · 184

아주 심플한 질문 · 188

들을 줄 아는 기술 · 190

느리게의 비밀 · 192

기쁘게 보내는 방법 · 194

같은 하늘, 다른 그림 · 196

지금 살 수 있는 것 · 199

다이아몬드의 법칙 · 200

반짝이는 것을 위하여 1 · 202

반짝이는 것을 위하여 2 · 204

당신의 세계는 귀하고 빛난다 · 206

그렇게 만들어간다 · 208

작가 연보 · 210

PART 01

[Man Series] 2006~2011

우 리 가   닮 고   싶 던
———————————————— 나 날 들

너의 이름은

◎

우리 집안은 '종' 자 돌림을 쓴다. 큰언니는 혜종, 작은언니는 예종. 나 혼자만 영어 이름이다. 여태까지는 미국 태생이라 그런 줄로만 알고 살아왔다. 그런데 그게 아니었다.

포물선을 그린 굵은 주름 사이로 간호사의 시름이 쏟아졌다. 빠듯한 유학 생활을 하는 젊은 유학생 부부가 첫 산부인과 진료를 받은 것은 임신 8개월 차의 일. 이제 와 뒤늦게 역아 수술을 하는 것은 위험이자 사치였다. 그곳에서 해줄 수 있는 것이라고는 그저 태아가 스스로 자리를 찾을 수 있도록 함께 기도하는 일뿐이었다. 그렇게 약속일을 훌쩍 넘긴 어느 날, 태동을 보내던 아이가 몸을 돌려 세상 밖에 나왔다. 부부는 안도하며 말했다.

"이 아이의 이름은 오늘부터 마리아예요."

기적을 바라자고 말했던, 바로 그 간호사의 이름이었다.

엄마의 기억 너머로 보이는 풍경이 선연하다. 좋은 사람을 닮아가길 바라는 마음은 상대에게 품을 수 있는 최고의 찬사. 어쩌면 우리 모두는 그런 간절함 속에 세상과 처음 만나는지도 모른다. 누군가의 염원으로 수많은 고비 끝에 태어났다. 이름은 곧 자기 자신이자, 세상에 태어난 이유다. 뒤늦은 질문과 의외의 고백이 빚어낸 공백 속에 가만히 나의 이름을 불러보았다.

초창기 시절 작업했던 '에스키스Esquisse'. 에스키스는 불어로 아이디어 스케치를 뜻한다.

우리의 세상은 너무도 달라서

◉

나는 아버지의 학업으로 초등학교 입학 전까지 미국에서 자랐다. 물론 그러고 얼마 되지 않아 다시 한국으로 돌아가게 되었지만…. 그래도 내가 태어나고 자란 고향에 대한 기억만큼은 선명하다. 특히 이곳 애틀랜타는 마틴 루터 킹의 출생지이자 고전영화 '바람과 함께 사라지다'의 촬영지로 잘 알려져 있다. 미국에서 가장 큰 국제공항이 있어 수없이 많은 유동인구가 드나드는 길목이기도 하다. 굳이 말하자면 전 인류에게 허락된 '경유지'랄까. 지역 특색만큼이나 동네도 남달랐다. 우리가 사는 '디케이터Decatur'라는 마을은 애틀랜타의 중심부에서 그리 멀지 않은데도 백인을 보기 드물었다. 오히려 흑인부터 히스패닉, 아시아인들이 뒤죽박죽 섞여 서로의 이웃이 되었다. 언어 대신 마음이 통했고, 손발 대신 눈빛이 통했다. 평화를 추구하는 히피 아이들과 역동감 넘치는 흑인들의 열정까지. 문화와 관습은 피차 달랐기에 이해할 필요가 없었다. 어쩌면 나는 그때의 기억 한 조각을 빌려 지금의 도시를 살아가는 것은 아닐까? 그리고 그것은 수 년 전 팽창된 어떤 자유였으리라.

애틀란타 동쪽 교외에서 바라본 해 질 녘 풍경.

자연을 오마주하는 일

○

바위 높이만 200m, 둘레만 약 8km에 달하는 스톤마운틴은 넓은 들판에 둥근 바가지를 엎어 놓은 것처럼 생긴 거대 암석이다. 깎아지를 듯한 단면에 조각된 3명의 위인을 보고 있노라면 마치 소인국에 온 것만 같은 낯선 환상에 빠져들었다. 나는 일과처럼 이곳 밑에서 어린 시절을 보냈다. 독립기념일에 터지는 불꽃놀이를 구경하거나, 그늘 아래 누워 새근새근 낮잠을 잤다. 태양빛에 반짝이는 가파른 암석은 지금도 웅장함을 자랑한다. 커다란 크기만큼이나 큰바위얼굴로서 아이들의 꿈을 지킨다. 그러고 보니 어딘지 모르게 묘하게 닮아 있었다. 정령이 살고 있는 듯한 거대한 나무 밑동과 작업마다 한사코 고집하는 나무 판넬. 깎아지를 듯한 가파른 스톤마운틴과 툭 불거진 독특한 양감의 회반죽. 사파이어를 닮은 울창한 수풀 사이로 아스라이 펼쳐진 시골 풍경까지. 어린 시절 이런 원초적이고 강렬한 자연환경에 자주 동화되었다. 사람들은 흔히 자연에서 영향을 받는다고 말한다. 하지만 사실 우리는 그것들의 작은 일부일지 모른다. 그렇게 믿는 순간 지금의 나와 당신, 그리고 우리는 무엇도 이상하지가 않다.

화강암으로 이루어진 스톤마운틴은 세계 최대의 양각 예술품으로 불린다.

수량의 특혜

○

아무리 자유의 나라라지만 이래도 되는 것일까? 미국 초등학교의
미술수업은 작은 동양 소녀에게 언제나 조금 특별했다. 예를 들자
면 '수량'의 개념이 없었다. 적어도 돈을 벌지 않고 학교를 다니는
아이들에게는 그랬다. 물감부터 팔레트, 풀, 구슬까지 세 개든 네
개든 쓰고 싶은 만큼 미술도구를 마음껏 가져다 쓸 수 있었다. 상
상의 나래는 끝을 몰랐다. 어린 마음에 욕심을 부렸다. 친구들이
공룡을 만들기 위해 찰흙을 깎고 붙일 때, 나란 아이는 독특하게
구슬과 돌을 가져다 매달았다. 여러 가지 시도와 모험이 가능했고,
덕분에 지금의 내가 만들어질 수 있었다. 때로는 눈앞에 어떠한 한
계도 두지 않을 때 저 너머의 내가 보이는 법이다.

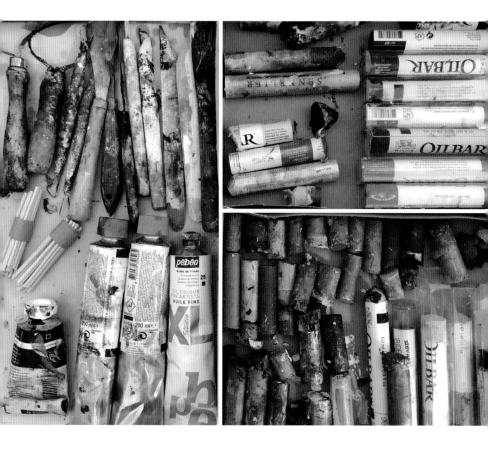

물감과 오일바, 조각툴이 가득한 책상 위. 세월이 깃든 흔적에서 작업이 엿보인다.

가장 좋아하는 것들의 마음

○

나는 다듬어지지 않은 것들이 좋다. 나무도, 돌도, 바람도 거친 상태 그대로, 모든 것이 질료가 되고 새로운 작업이 된다.

나의 그림에는 늘 나무가 담긴다. 바람과 비와 눈이 만들어낸 거친 질감의 시간.

서투름의 말로

○

나는 영원한 '따라쟁이'다. 입는 것과 먹는 것, 하다못해 씻는 것마저도 언니를 흉내 냈다. 영화 '작은 아씨들'에서도 나 같은 유별난 따라쟁이가 등장한다. 언니 조를 부러워하고 시기하는 넷째 여동생 에이미의 이야기다. 특히나 극 중 자매 사이에 벌어지는 미묘한 심리전을 빼놓을 수 없다. 공교롭게도 그녀 역시 나처럼 그림을 그렸는데 한겨울에 조와 로리를 쫓다 얼음물에 빠지는 장면이 등장한다.

나도 비슷한 경험이 과거에 있었다. 따라잡고 싶은데 결코 잡히지 않는 언니가 서운했다. 그리고 그런 나를 따돌리는 언니의 뒤를 쫓다 그만 교통사고를 당하고 말았다. 닮고 싶다는 욕망은 왜 이리도 무모한 것일까? 하지만 떠올려보라. 어린 시절 우리는 매일 다른 꿈을 꾸었고, 그림자처럼 누군가의 꽁무니를 쫓았다. 그런 과정 속에 서서히 환상을 거두며 꿈의 접점을 찾아왔던 것이다. 에이미와 조가 불의의 사고를 계기로 서로의 길을 향해 나아갔던 것처럼. 결국 '네가 되고 싶은 욕망'은 '나를 찾기 위한 시작'이다. 그래서 오늘도 우리는 내가 아닌, 또 다른 네가 되기를 꿈꾼다.

내 그림 사이즈는 100호(162x130cm)짜리가 주를 이룬다. 커다란 화폭에 안에 과연 무엇이 담겨 있을까?

삐끗의 속말

○

학창시절에 얽힌 부끄러운 기억 하나. 미국에서 한국으로 돌아와 초등학교에 입학했을 때이다. 당시 나는 한국말을 거의 할 줄 몰랐다. 말은 조금 알아듣는 정도였고, 글은 전혀 쓸 줄 몰랐다. 그러다 보니 시험에서 매번 고전을 면치 못했다. 하루는 첫 받아쓰기 시험에서 '0점'을 받고 집에 돌아왔다. 듣도 보도 못한 해괴망측한 단어를 보고 엄마가 박장대소를 터뜨렸다. 그러고는 시험지를 액자에 넣어 기념으로 걸었다. 당시에는 상대적으로 나은 성적을 받아오는 언니들을 보며 어린 마음에 부끄러움을 느꼈다. 하지만 그것도 잠시. 정반대의 감정도 샘솟았다. 나도 할 수 있겠다는 그런 마음들이. 읽고 쓰고 외우기를 반복하며 그렇게 무려 한 달을 매진했다. 석 달 정도 지났을까? 조금씩 말문이 트이기 시작했다. 그리고 수치스러운 0점에서도 벗어났다. 그때 알았다. 어쩌다 겪는 한 번의 삐끗함이 생의 첫 동기가 될 수 있다는 것을. 그렇게 차츰 적응해가고 있었다. 이 낯선 땅을 한 발로 위태롭게 딛고서.

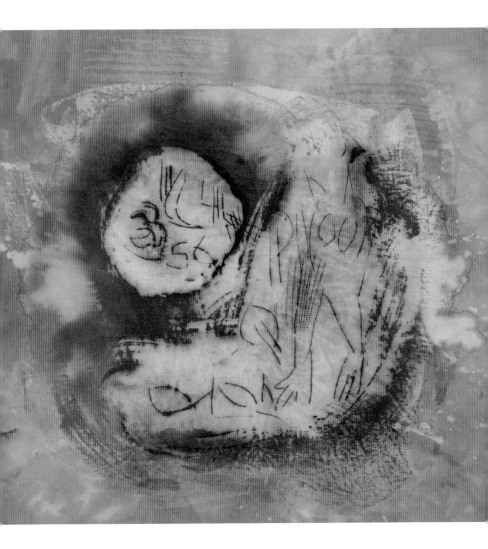

장마리아, 〈너와 나〉, 2009

액자 밖의 비밀

○

이번에 고국으로 돌아가게 되면 돌아온다는 기약이 없었다. 애틀랜타에서 나고 자랐던 나는 일곱 살에 한국으로 돌아와 초등학교를 다녔다. 그리고 아버지의 안식년으로 남은 마지막 한 학년을 다시 미국에서 보냈다. 가족들에게 귀국 이야기는 분명 기쁜 소식이었으나 나에게는 이역만리로 떠나는 비보 같았다. 작별이라도 고하고 싶으셨던 것일까? 부모님께서는 떠나기 전 온 가족이 차를 빌려 미국 전역의 미술관과 박물관을 구경하며 캠핑하는 일을 제안하셨다. 아마도 미술에 소질이 남다른 자매들에게 그림을 보여주고 싶으셨던 모양이다. 그렇게 우리 가족은 한 달 동안 50여 개의 주를 돌며 수많은 작품을 감상할 수 있었다. 하지만 신기하게도 내로라하는 명화는 눈에 들어오지 않았다. 오히려 작품 가장자리를 감싼 액자들만이 눈에 들어왔다. 수수하게 채색된 정물화에는 색을 바르다 만 미색의 액자, 중세시대의 꾸덕한 유화에는 화려하고 고풍스러운 액자. 모든 것이 마치 하나의 세팅된 작품처럼 보였다. 아마도 액자쟁이는 완성된 화가의 그림을 바라보며 수없이 고민했을 것이다. 혹은 화가와 그림에 관해 직접 이야기했을 수도 있다. 무엇이 되었건 그들은 소통하고 궁리하며 융화되었다. 그것도 하나의 그림을 매개로 서로의 완벽한 접점을 찾아서.

미켈레 고르디자니, 〈여인의 초상〉, 1864

나만의 분류법

◎

마지막처럼 떠났던 것이 무색하게 그 뒤로도 한국과 미국을 수차
례 오갔다. 아버지의 일 때문이라는 사실은 그다지 흡족한 핑곗거
리가 아니었다. 미국에서 태어나 일곱 살에 한국으로 돌아왔다. 초
등학교를 잘 다니다가 미국으로 건너가 5학년을 졸업했고, 다시
돌아와 한국에서 중학교를 보냈다. 그리고 남은 고등학교 과정을
다시 미국에서 마쳤다. 나는 언어도 환경도 다른 두 나라를 사춘기
시절에 그것도 무려 세 차례나 오가며 보낸 셈이었다. 그러다 보
니 혼란도 적지 않았다. '나는 어느 나라 사람일까?'에 대한 근본적
인 물음이었다. 하지만 서로 다른 문화를 접할 기회가 없었더라면
지금의 자유로운 나는 존재하지 않았을 것이 분명하다. '당신은 한
국인인가요? 아니면 미국인인가요?' 살아가면서 혹시라도 비슷한
질문을 받는다면 그때는 이렇게 답해주고 싶다. '저는 한국인도 미
국인도 아니에요. 그냥 그 안에서 새롭게 만들어진 나예요.' 어느
쪽에도 묶이지 않은 발상이었다.

장마리아, 〈새로움〉, 2009

아그리파의 계시

◦

"너, 이렇게 그릴 수 있어?"

맨하탄 한복판에서 낙하하는 새처럼 자유로운 화가로 살겠다고 결심한 날. 미국 명문대 포트폴리오 합격 전화를 받고도 가지 않겠다고 으름장을 놓았다. 3년 전, 한국에서 중학교 과정을 마치자마자 미국으로 돌아가겠다며 떼를 썼다. 똑같은 그림을 그리는 타성에 젖어들고 싶지 않아서였다. 그런데 이제 와 대학을 안 가겠다니 부모님 입장에서 의아해할 만도 했다. 그렇게 엄마의 갑작스러운 호출로 한국에 들어왔을 때 예고도 없이 끌려간 곳은 한 미술입시 학원. 엄마는 대뜸 학원생이 그린 석고 데생을 하나 가리키며 똑같이 그릴 수 있는지 물었다. 고대 로마 장군, 아그리파였다.

아그리파는 한국에서 가장 흔히 볼 수 있는 석고상 중의 하나로 굴곡이 적어 입문용으로 쓰인다. 하지만 당시 나는 세밀하게 그릴 줄 아는 능력이 없었다. 그것이 현실이었다. 오기가 생겨 학원을 끊었다. 처음에는 데생을 할 줄 몰라서 손으로 연필을 뭉개 표현했다. 그러자 낯선 그림에 모두 웃음이 터졌다. 이미 정해진 답이 있었던 것이다. 싫다고 말하려거든 일단 그 일을 잘해야 했다. 싫어하는 것이 없으면 좋아하는 것이 무엇인지 알 수 없고, 고통이 없으면 자신이 얼마나 강한지도 알 수 없다. 모두의 예상을 가뿐하게 뛰어넘는 것, 스스로 오답이 아님을 증명하는 일, 그것은 마치 어느 각도에서 그려도 전혀 다른 얼굴이 되는 아그리파의 계시 같았다.

펜치와 철붓, 가위 그리고 송곳. 자르고, 구부리고, 꺾는 작업에 도구의 한계란 없다.

덮을 줄 아는 용기

○

미대 재학 당시 50호짜리 캔버스는 5만 원이었다. 아사천이 잘 그려진다며 10만 원짜리 고가의 캔버스를 사는 선배들도 있었으며, 습작을 남긴다는 명목으로 매번 새로운 캔버스를 준비하는 친구들도 있었다. 하지만 나는 그때도 유별났다. 그래서 택했던 것이 바로 캔버스를 덮어버리는 일. 사실 캔버스를 살 돈이 없기도 했다. 당시 유행하고 있는 팝아트를 그리고 나면, 주저 없이 그 위에 물감을 끼얹었다. 아크릴 물감으로 그리면 아크릴 물감으로, 오일 물감으로 그리면 다시 오일 물감으로. 가장 큰 붓을 이용해 흔적도 없이 지워버렸다. 아깝지 않냐고 묻는 친구도 있었다. 하지만 나는 여전히 나만의 것을 찾는 과정에 있었고 계속 찾아야만 한다고 생각했다. 마치 도기 장인이 999번째 도기를 깬 끝에 1000번째 도기를 얻는 것처럼. 그 탓에 지금도 나는 늘 그림 가짓수가 부족한 화가에 속한다. 아끼는 것을 버리지 못하면 진정한 자신도 찾을 수 없다. 지금까지 사라진 모든 그림이 내게 남긴 교훈이었다.

전체를 목탄으로 덮은 그림 밑으로 살며시 드로잉을 엿볼 수 있다.

모방의 투쟁

○

대학생 시절에는 늘 딜레마에 시달렸다. 나는 영향을 주는 사람일까, 영향을 받는 사람일까. 미대에서의 작업은 보통 실기가 주를 이룬다. 그러다 보니 친구들과 학교에서 보내는 시간이 많았고, 과제가 주어지면 밤샘하는 일도 많았다. 하지만 어찌 된 일인지 다음 날 결과물을 보면 그림체가 하나같이 비슷했다. 그것도 꼭 같이 어울려 그렸던 친구들하고만. 처음에는 무엇을 표현하겠다는 목표가 뚜렷했지만, 시간이 지날수록 감각이 무뎌졌다. 당연했다. 사람이 모이면 하나의 집단이 형성된다. 비슷한 스타일이 생긴다. 끊임없이 자신의 정체성을 구축해나가던 당시에는 누구의 영향도 받고 싶지 않았다. 그래서 본의 아니게 선택한 공간이 집에 있는 좁다란 방이었다. 독보적이고 싶었다. 그리고 내게는 꼭 필요한 과정이었다.

장마리아, 〈우리 모두〉, 2010

별빛 아래의 방

o

스물다섯 살이 된 2005년의 어느 날, 대학 졸업을 앞두고 처음 이집트를 여행할 때의 일이다. 하필 몇십 년 만에 이름 모를 여왕의 무덤이 공개되는 특별한 현장이었다. 좁디좁은 피라미드 굴을 바짝 엎드려 기다시피 이동하면 마주하게 되는 형언하기 힘든 퀘퀘한 냄새와 공기. 그 속에 오랜 역사와 함께 봉인된 채 누워 있는 여왕의 모습이 보였다. 한편 그 주위로는 화려한 벽화가 둘러싸고 있었다. 한곳을 응시하는 나란한 고개와 부자연스럽게 꺾인 네모진 팔. 이승도 저승도 아닌 피라미드 세계와 밖으로 쏟아지는 무수한 별무리. 묘한 기분에 사로잡혔다.

하나쯤은 필요하다는 생각이 들었다. 수천 년간 부활을 꿈꾸는 여왕의 곁을 지켜줄 신의 존재가 말이다. 삶과 죽음, 신과 인간… 너무도 많은 것들을 떠올리게 하는 밤이었다. 그해 겨울, 나는 아버지가 집필한 책표지에 실을 벽화 한 점을 부탁받았다. 태어나 처음으로 그린 상업 그림이었다. 그리고 어쩐지 한동안은 그 그림이 아주 오랜 역사를 닮았다는 생각을 지울 수 없었다.

약 3000년 된 고대 이집트 미술과 유물들은 대부분 피라미드 내부에 잠들어 있다.

아프리카, 아프리카, 아프리카

◉

기나긴 여행은 끝날 줄을 몰랐다. 22시간 동안 총 두 번의 비행기를 갈아타는 여행이 한 달간 지속되고 있었다. 아프리카의 첫 목적지는 케냐. 원시의 삶을 고스란히 간직한 채 살아가는 세상 가장 용감한 부족, '마사이마라'가 있는 곳이다. 무엇보다 가장 인상 깊었던 것은 부족이 사진 촬영을 금하고 있었다는 사실. 부족에게 자연과 동물은 곧 신이었다. 또한 사진에 찍히는 순간 영혼이 그대로 빠져나간다고 믿었다. 그들에게 혼은, 신과 같은 형태로 언제든 실리고 사라질 수 있는 자유로운 무엇은 아니었을까.

신은 어디에나 있고 어디에도 없다. 그곳에 머무는 동안 나는 양볼을 스치는 아주 작은 바람에도 곳곳에 머무는 신의 존재를 느꼈다. 그때 처음으로 이곳의 신을 형상화하고 싶었다. 그리고 그들의 얼굴은 검은 대지를 사랑하는 어느 부족의 얼굴을 닮았을지도 모른다.

장마리아, 〈Dancing Man〉, 2010

지상의 작은 기적

○

정처 없이 걷기를 몇 날 며칠째. 이름도 모를 부족민이 사는 외진 마을에 다다랐다. 부족민들은 1년째 비가 오지 않았다며 걱정이 이만저만이 아니었다. 굶어 죽을 것 같은 공포에 밤이고 낮이고 빌었다. 한눈에도 마을의 광경은 참혹해 보였다. 옥수수가 빼곡히 들어서 있어야 할 밭은 속까지 깊이 갈라져 있고, 수풀을 이루는 관목들은 온데간데없이 죽어 있었다. 하지만 그럼에도 그들은 손님인 우리를 따뜻하게 맞아 음식을 내주었다. 그 간절한 마음을 어찌 외면할 수 있을까. 이대로 돌아갈 수는 없었다. 그래서 우리 여행자들 역시 땅에 엎드려 그들의 방식대로 비를 내려주기를 함께 간청했다. 그렇게 잠자리에 들었다. 이윽고 새벽이었을까. 잠자리가 눅눅한 느낌에 눈을 떠보니 움막 사이로 비가 내리고 있었다. 많은 양은 아니었지만 메마른 대지를 적시는 반갑고도 고마운 비였다. 결국 우리가 바라던 비의 실체는 간절함이 빚어낸 그 이상의 기적이었다. 그 순간만큼은 믿을 수 있을 것 같았다. 이곳에서만 볼 수 있는 그들의 존재를 말이다. 그날 밤 나는 신을 만났다.

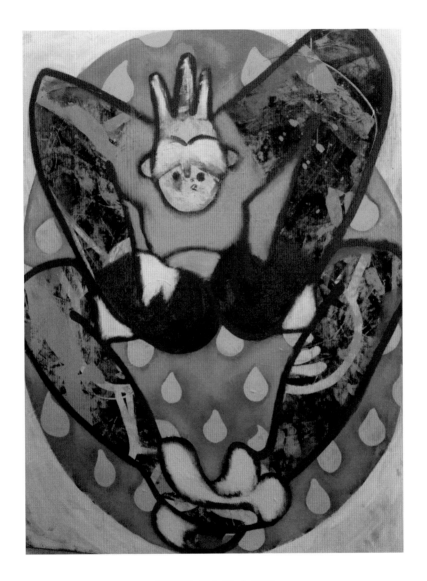

장마리아, 〈Rain Man〉, 2010

보통의 수호신

○

2007년 여행에서 돌아온 직후 내가 가장 먼저 한 일은 그곳에서 만났던 수호신을 모두 화폭 위로 옮기는 작업이었다. 그러기 위해서 기존에 우리가 알던 모든 신의 모습을 배제해야만 했다. 나의 수호신들은 하나같이 얼굴이 컬러풀하다. 또 하나같이 기묘한 자세로 발레슈즈를 신고 있다. 아프리카 부족들의 춤에서 보이는 거추장스럽지 않은 천연 그대로의 자유다.

'맨 시리즈'는 다섯 명의 '수호신'을 주인공으로 한다. 그린맨은 산과 나무를 입은 '숲의 신', 레드맨은 '불과 태양의 신', 클라우드맨은 더위를 식히는 '하늘의 신', 골드맨은 단단하고 영원한 '금의 신'. 마지막으로 지상의 신으로 불리는 '프렌즈의 신'으로 되살아난다. 결국 저마다 역할을 가진 이 땅 위의 모든 신이 모여야 합일이 의미가 있다는 사실을 형상화하고 있다. 맨 시리즈는 젊은 날 아프리카 오지에서 만났던 자연과의 만남에서 출발했다. 아주 어렸을 적부터 우리를 지켜주는 수호신이 삶의 창이자 방패로 쓰이기를 바라며. 이제는 묻고 싶어진다. 지금 당신의 인생은 어떤 신과 마주했는지, 그리고 또 무엇을 마음으로 바라고 있는지.

장마리아, 〈Cloud Man〉, 2010

장마리아, 〈Gold Man〉, 2010

장마리아, 〈Green Man〉, 2010

장마리아, 〈Red Man〉, 2010

착한 결론

◉

결국 혼자 이룰 수 있는 것은 아무것도 없다. 모두가 함께 이루라.
아프리카가 내게 가르쳐준 답이었다.

장마리아, 〈Friends〉, 2010

사라진 자들의 행방

◎

아주 부끄러운 고백이지만 이 시절의 그림은 거의 남아 있지 않다. 콜렉터들에게 고가의 가격으로 팔아버린 것이 아니다. 다만 그저 세월이 지나고 보니 수분처럼 자연스레 증발해 있었다. 나는 과거를 추억하거나 회상하는 편이 아니다. 늘 현재나 미래에만 관심이 있다. 그러다 보니 간직하는 것에 대한 어떤 저항이 있었는지도 모르겠다. 비슷한 맥락에서 습관처럼 기존의 그림을 물감으로 덮어버리는 탓도 있었다. 가끔은 그들의 존재가 그립다. 그럴 때면 누군가의 기억 혹은 어렴풋한 추억을 빌미로나마 이따금 안부를 물을 뿐이다. 신들은 모두 어디로 사라진 걸까? 굳이 찾는다면 그 이유를 그림에서 찾고 싶다. 지금쯤 아프리카 어딘가로 돌아가 자신의 소명을 다하길 바라며. 그들에게 혼이라는 것이 있다면 말이다.

오일 크레용 위에 아크릴 물감을 칠한 에스키스. 꽃에 대한 연구는 이때도 계속되고 있었다.

그러지 말아요

◦

장흥에 위치한 아틀리에에서는 1년에 한두 번 오픈스튜디오를 운영한다. 푸른 자연에 첩첩이 둘러싸인 작업실로 다른 예술가와 일반인을 초대해 작업 과정을 공개하는 연례행사다. 그날도 방문해주신 분들에 대한 고마움으로 일일이 질문에 답을 해주었다. 하지만 얼마 되지 않아 소매치기를 당하고 말았다. 그것도 귀중품보다 더한 무언가를.

나는 얼마 전 방문자 명단에서 보았던 화가의 전시회를 방문했다. 그리고 그곳에서 아주 익숙한 그림을 발견할 수 있었다. 내 그림이었다. 제힘으로 그림을 완성했다는 사람은 당당했다.

"이 그림이 어떻게 탄생했죠?

하지만 의미심장한 나의 마지막 질문에 말문이 막혀 스스로 그림의 주인이 아님을 인정하고 말았다. 세상 모든 예술가는 자신만의 작품노트를 갖는다. 우리에게는 삶의 철학이나 모토, 그 어디쯤일 것이다. 이것은 한 사람의 세계관이자 크나큰 이야기의 존재 이유다. 시작과 끝이 없는 결과물은 어디에도 존재하지 않는다. 따라서 영향을 받는 것과 베끼는 것에는 엄밀한 차이가 있다. 결국 어디서 어떻게 왔는지를 설명하지 못하면 그림은 물론, 그 안의 나도 존재하지 않는다. 그저 모방에 불과할 뿐이다.

보고 듣고 만지는 모든 것이 소재이자 주제가 되었던 맨 시리즈 시절의 그림들.

미묘한 기류

○

사람 중에 겉과 속이 다른 사람이 있다. 집도 밖에서 볼 때와 안에서 볼 때가 다르다. 세상의 모든 이치가 그렇다. 진실과 거짓, 모방과 창조. 우리의 완성은 언제나 그 어디쯤에서 줄다리기를 한다.

그려도 보고 긁어도 보는 혼합된 형태의 에스키스. 무엇을 어떻게 그릴지 찾아가는 작업이다.

PART 02

타인이 바라보는
────────────── 나의 얼굴

이런 사람

○

흔히 "나 이런 사람이에요"라고 자신을 드러낼 때, 이름 말고도 꽤나 분량을 차지하는 것들이 있다. 바로 '하는 일'이다. 대학생이라거나, 직장인이라거나. 이처럼 직업은 한 사람의 연령대와 관심사, 생활패턴, 더 나아가서는 세계관마저 훑어볼 수 있는 중요한 지표가 된다. 나는 과연 화가라고 할 수 있을까? 그 무렵 끊임없이 영혼을 괴롭히는 질문이었다. 어딜 가고 누굴 만나도 스스럼없이 자신을 소개할 수는 없었다. 이유는 간단했다. 그림을 찾는 이가 아무도 없었기 때문이다. 이름 그대로 무명無名, 이름이 없었다. 때문에 이름을 알려야만 했고, 그림을 보이기 위해 발전해야만 했다. 세상에 보여지지 않으면 화가로 살아갈 이유가 없다. 단순히 혼자서 하고 싶다거나 자기만족이라면 그것은 취미에 불과하다. 하지만 살아가기 위해, 혹은 살아 있어서 무언가를 추구하고 인정받는 마음은 다르다. "나 이런 사람이에요"라고 말할 수 있는 어떤 타이밍이 절실한 시점이었다.

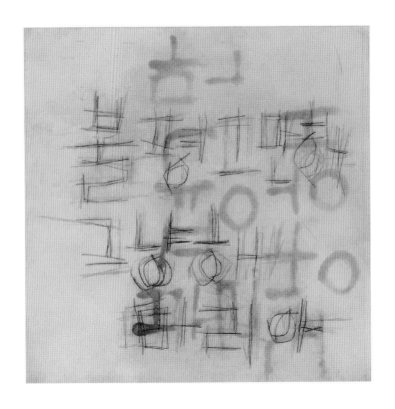

장마리아, 〈Message 6〉, 2019

변색의 나날들

◎

"어때요? 뭐가 보이세요?"

며칠 전부터 운전대를 잡는데 시야가 흐려졌다. 검안기에서 멀찍이 물러나 앉는 안과의의 표정이 심상치 않다. 자꾸만 큰 병원을 가보라고 권한다. 처음에는 대수롭지 않게 여겼다. 눈이 말썽을 일으킨 적이 없었고, 너무도 젊은 나이였기 때문이다. 하지만 얼마 지나지 않아 대학병원에서 진단받은 소견은 예상외의 것이었다. 앞이 캄캄해졌다. '황반변성'. 눈 조직 중 황반에 발생하는 변성으로 시력 저하를 유발하는 퇴행성 질환이다. 여기서 황반은 망막의 중심을 가리킨다. 이 황반은 물체를 정확하게 볼 수 있게 하는 기능을 하는데 나의 경우 극심한 스트레스가 이상을 일으켰다. 처음에는 여러 개의 검은 반원이 시야를 방해하더니 이제는 점이 박힌 것처럼 모든 것이 잿빛으로 보이기 시작했다. 장애가 생겼다는 불편함보다 더 두려운 것은 그림에 그리는 데 악영향이 가는 일. 화가에게는 사형선고나 다름없었다. 슬픔은 죽음과 동의어가 아닐까? 집으로 돌아오는 내내 머릿속에 물음표만 떠올랐다. '왜? 대체 나한테 왜?' 세상만 뿌옇게 변해버린 것이 아니었다.

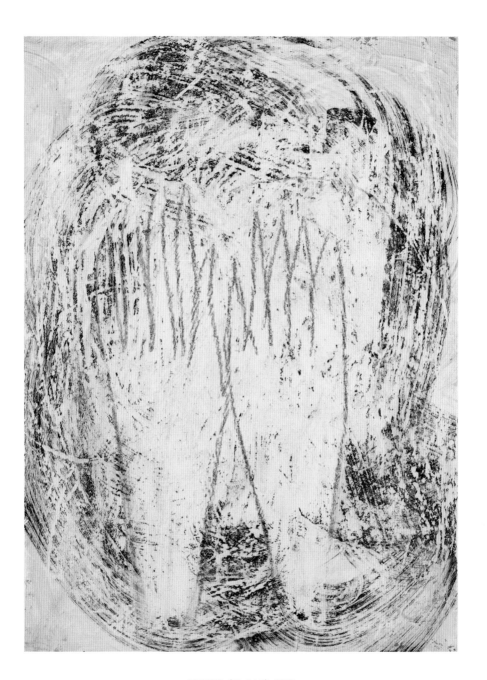

장마리아, 〈M−A+A〉, 2016

자화상의 가짓수가 자꾸만 늘어날수록 삶의 레이어도 그 두께를 더해간다.

기꺼이 끌어안아라

○

살아가면서 큰 상실을 경험하면 우리의 마음과 영혼은 쉽게 깨져 버린다. 하지만 그렇다고 해서 절망이 우리의 삶을 계속 다스리도록 두어서는 안 된다. 하나를 잃으면 다른 하나가 보인다. 그것도 '같은' 값이 아닌 더욱 '값진' 하나가. 시력을 잃은 순간에는 만감이 교차했다. 하지만 이도 오래가지는 않았다. 눈이 가져다주는 알록달록한 세상은 잃었지만, 무엇과도 바꿀 수 없는 나만의 스토리가 생겼다. 그렇게 믿고 싶었다.

행불행의 법칙

o

갑작스러운 불행은, 길을 걷다 돈을 줍는 소소한 행운처럼 그들과
어깨를 나란히 하고 온다. 그것이 바로 인생의 숨은 법칙이자 묘미
이다.

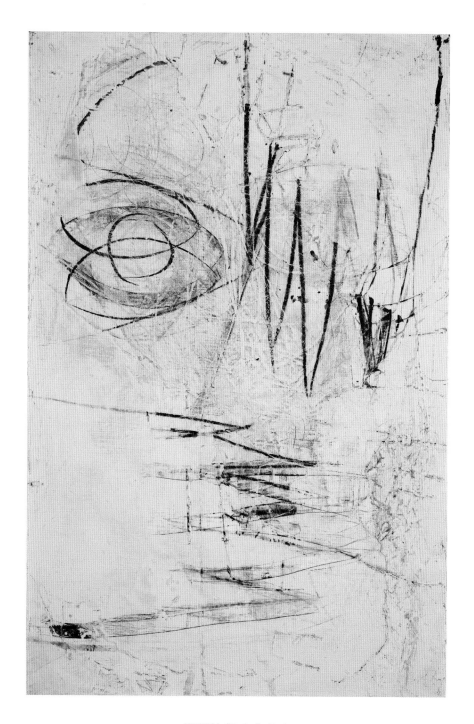

장마리아, 〈M-Q+I〉, 2016

청색의 시대

○

침잠의 시간은 누구에게나 존재한다. 그럴 때 우리는 기존의 자신을 버리고 전혀 다른 누군가의 세계를 헤집어보게 된다. 전혀 못하는 술과 담배를 해본다든가, 꾸준히 하던 루틴을 펑크 낸다든가. 내게도 그런 화가들이 몇 있었다. 피카소도 그런 일탈의 시간을 착실히 걸어온 인물 중에 하나다. 1903년 그는 청색시대The Blue Period 작품들을 주로 그렸다. 이 무렵의 그림들은 그가 느끼는 불안정성을 아주 잘 보여주고 있다. 의견이 분분하지만 가장 큰 배경에는 권총으로 스스로 목숨을 끊은 친구 카를로스의 죽음이 지대한 영향을 끼쳤다고 전해진다. 피카소는 이 시기를 기점으로 많은 예술적 영감을 받았고 일련의 사건들이 그의 작품세계에 큰 변화를 주었다. 실제로 그의 우울증은 푸른색이 메인이 되는 청색시대를 넘어 분홍색을 주로 쓰는 장미시대로까지 이어졌다. 그러니 가라앉는 시간을 애석해할 필요가 없다. 그것은 때때로 아주 슬프거나 아주 기쁜 일일 수 있으며, 예상 밖의 전혀 다른 결과를 낳기도 하니까.

Pablo Picasso, 〈The Old Guitarist〉, 1903–1904

결핍이 필요한 순간

◉

프랑스 인상주의 화가로 에드가 드가도 빼놓을 수 없다. 50대 후반에 접어들 무렵 그는 시력이 나빠져 그림은커녕 글도 제대로 읽을 수 없었다. 그러자 이번에는 그림보다 조각에 더 몰두했다. 옅어지는 시각을 촉각으로 메꾸고자 한 것이다. 같은 시기에 활동한 모네도 비슷했다. 백내장으로 시력이 나빠지자 지독한 침체기를 겪으며 화풍이 어두워졌다. 하지만 그 후 오히려 색을 갈망하게 되었고, 영안을 뜬 것처럼 심도 높은 화풍을 완성했다. 르누아르, 도미에 등 실명한 화가들은 이밖에도 많다. 결과적으로 하나가 모자라면 다른 하나가 채워진다. 몸소 체험한 장본인으로서 그것이 헛말이 아님을 알았다. 항간에는 화가는 그림이 팔림과 동시에 받은 돈을 써버려야 더 좋은 작품이 나온다는 이야기까지 돌았다. 인간은 본성 위에서 움직이는 것일까? 배가 부르면 음식을 찾지 않는 것처럼 마찬가지로 욕구가 채워지면 더는 노력하지 않는다. 하지만 아주 작은 일부분이라도 생의 결핍을 느끼면 어떻게든 메꾸고자 꿈틀거린다. 비단 경제적 궁핍만을 의미하는 것은 아니다. 정신적 결핍과 미숙까지도 포함한다. 조금 더 나은 나, 발전하는 자신을 위해 아주 약간의 결핍은 필요하다.

에드가 드가, 〈몸을 기울인 발레리나〉, 1877-1879

벌거벗은 이야기

○

매번 아름다운 옷을 찾는 변덕스러운 임금님 앞에 두 명의 재단사가 나타난다. 그들은 자신들이 만든 옷이 똑똑한 사람에게만 보인다는 말도 안 되는 주장을 펼친다. 결론적으로 허영심에 눈이 먼 임금님은 그만 벌거벗은 채로 행차를 나섰다가 마을 사람들의 웃음거리로 전락한다. 안데르센의 동화《벌거벗은 임금님》의 이야기다. 미술계도 마찬가지로 저명한 비평가가 어떻게 평가하느냐에 따라 그 작품과 화가를 바라보는 시선이 크게 달라진다. 이름난 사람이 한마디를 해주면 어쩐지 작품이 좋아 보인다. 하지만 이 말은 달리 해석하면 자신의 가치를 알아봐주는 사람을 만난 것이니 인생의 기회로도 볼 수 있다. 입김의 힘은 그만큼 강력하다. 그즈음 나는 한 번쯤 그림에 관해 객관적인 평가를 받고 싶었다. 그것도 영향력이 있는 여러 사람에게 이야기를 듣는다면 현재 나의 위치를 알 수 있지 않을까? 올바른 길로 가고 있는지 확인하고 싶은 호기심에서였다.

먹과 아크릴 물감을 레이어드한 그림들을 말리고 있는 모습.

잊을 수 없는 비평 1

○

무작정 미국행 비행기에 몸을 실었다. 그간의 그림들을 엮은 엉성한 포트폴리오와 함께. 그길로 거리 한복판에 즐비하게 늘어선 갤러리의 문을 두드렸다. 뉴욕에 위치한 첼시는 약 수백 개의 갤러리가 밀집한 예술상업지구다. 프런트에 앉아 있는 큐레이터 중 열에 아홉은 포트폴리오에 눈길조차 주지 않았다. 보는 자리에서 버리는 일도 있었다. 하지만 운이 좋게도 한두 곳은 관심을 주었다. 작은 갤러리를 운영하던 한 할머니가 내게 물었다.

"당신은 왜 그림을 그려요? 어떤 화가가 되고 싶죠?"

당황한 나머지 말이 헛돌았다. 그녀가 인자한 얼굴로 말했다.

"여기는 자신의 모든 걸 바쳐도 될까 말까 한 세상이에요. 당신 같은 화가들이 하루에도 수십 명씩 찾아와 문을 두드려요. 그런 열정으로는 발을 들일 수 없어요. 하지만 당신은 재능이 있는 것 같으니 더 열심히 하길 바라요."

날카롭지만 애정이 깃든 조언에 정신이 번쩍 들었다. 그랬다. 나는 화가로서의 삶에 대해 생각보다 진지하지 않았다. 무모함은 열정과 사뭇 다른 재질의 것이었다. 비난이든 칭찬이든 상관없었다. 한명만 제대로 봐줘도 고마웠다. 당시에는 그림을 보일 수 있다는 것 자체가, 그 사실이 무엇보다 중요했기 때문이다.

장마리아, 〈M-E+R〉, 2016

잊을 수 없는 비평 2

○

돌이켜보면 그때 받았던 질문이 여전히 나를 성장시킨다. 매일, 매달, 매년. 늘 새로운 차원과 깊이로 질문을 던져온다.

"당신은 왜 인생을 살아요?"
"당신은 어떤 사람이 되고 싶죠?"

자화상 시기에는 가장 한국적인 기와에 모래알과 시멘트를 바르는 등 다양한 시도가 이루어졌다.

회복의 그레이

○

나에게는 욕망을 지배하는 문장이 있다. 'Pink is the New Black.' 어린 시절 우연히 손에 쥐었던 패션잡지에서 보았던 문구다. 핑크는 이 시대의 진정한 트렌드라고 외치는 메시지가 얼마나 강렬했던지 그때의 기억이 성인이 된 지금도 생생하다. 하지만 현재 보이는 것이라고는 시야를 막는 회색빛 피사체들뿐. 나의 세계는 그들과 전혀 달랐다. 그래서 그 무렵 의식적으로 까만 물감을 끼얹거나 하얀 물감을 덮는 작업을 이어나갔다. 그런 가운데 서서히 채도가 맞춰지며 나와 세상이 교차하는 순간을 맞이했다. 낮과 밤의 경계가 흐려져 서로를 구분할 수 없게 되는 어느 한 시점. 그때 나만의 세상, 단 하나의 색을 만났다. 'Gray is the New Black.' 새로운 화풍의 시대가 열리고 있었다.

장마리아, 〈Wind〉, 2019

자연의 돌 위에 그려진 자화상과 마주하는 순간.

우리 사이에 놓인 세계

○

블랙이면 블랙, 화이트면 화이트. 나는 원체 모호한 것을 싫어한다. 컬러도 사람도 명확한 것이 좋다. 빙빙 돌려 말하거나 뭉뚱그리는 건 싫다. 그런 면에서 보자면 나와 사는 가장 가까운 누군가는 1년 365일 회색존에 있는 사람이다. 언제나 "이게 좋아? 저게 좋아?" 물으면 "글쎄, 난 잘 모르겠는데" 하는 식이다. 처음에는 답답했다. 아니, 이해하지 못했다. 하지만 점차 그의 세계를 인정하게 되었다. 왜인지 이제는 내가 그 회색존 안에 들어와 있으니까. 펼치면 펼쳐지는 대로, 보이면 보이는 대로. 가끔은 자신이 직면한 현실을 부정하기보다 순순히 받아들이는 시간이 필요하다. 순간 세상에 비치는 나의 모습이 궁금했다. 자화상이 그리고 싶어졌다.

외부의 얼굴들

○

대부분 자화상이라고 하면 '스스로 그린 초상화'를 떠올린다. 하지만 세상 그 누구도 자신의 모습을 객관화해 바라보기란 힘들다. 누구를 만나느냐에 따라 조금씩 모습이 달라지기 때문이다. 우리는 타인과의 관계를 통해 매일 영향을 받는다. A를 볼 때는 찡그리고, B를 볼 때면 미소짓고, C를 볼 때 눈물이 난다. 싫어하는 사람을 만날 때 미묘하게 찌푸려지는 눈썹 근육과 좋아하는 사람을 만날 때 올라가는 입꼬리가 매번 다르다. 어떤 게 진짜 나의 모습일까? 결국 바라보는 상대가 있는 나, 그 모습들이 진정한 나의 얼굴은 아닐까? '내가 보는 나도 나지만, 남이 보는 나도 나구나.' 새로운 사실이었다.

장마리아, 〈Blue〉, 2018

덧칠의 시간

○

가장 농도 짙은 먹과 양초를 녹인 파라핀, 조소과에서나 쓰던 낡은 조각칼까지. 평소 쓰지 않던 재료를 고민하기 시작했다. 사실 여기에는 히스토리가 숨어 있다. 미국은 어느 주든지 사회복지 차원에서 도네이션 제도가 잘 발달해 있다. 덕분에 아이러니하게도 나는 어린 시절 형편이 어렵다는 이유로 기부받은 좋은 브랜드 옷을 마음껏 입을 수 있었다. 그래서 질 좋은 원단에 대한 감각을 일찌감치 익혔고, 섬유미술을 전공하는 계기로까지 이어졌다.

이 시기에 가장 즐겼던 염색 기법이 여기서 출발했다. 아무것도 없는 천 위에 양초를 녹인 뜨거운 파라핀을 끼얹고 갈라진 틈 사이로 염료를 흘려 넣는 것이다. 해당 기법을 처음 '자화상' 시리즈에도 도입했다. 마리아풍이라고 해야 할까. 기존에 그렸던 그림을 새까맣게 먹칠한다. 그리고 그 위에 파라핀을 덮는다. 그럼 성질상 물과 파라핀이 섞이지 않아 크랙crack, 즉 작은 균열이 발생하게 된다. 그렇게 깊이, 더 깊이. 조각칼로 파라핀을 긁어 얼굴을 그리다 보면 조금씩 깔려 있던 컬러가 빼꼼 고개를 내민다. 어둠 속에서도 나를 비추는 한 줄기 빛은 존재하는 것일까? 모처럼 들어오는 화사한 색감이 이토록 반가울 수 없다. 모든 곳에 볕이 들 때는 아무도 그것의 귀함을 모른다. 갈라진 틈새로 겨우 빛이 보일 때야만 비로소 진가를 안다.

장마리아, ⟨M—M+K⟩, 2016

밑줄 그어진 아이

◦

"페인팅인데 질감이 살아 있어요."

자화상을 처음 접했던 사람의 이야기다. 형상이나 무늬가 도드라지는 부조가 아닌 이상 이토록 입체감이 넘치는 회화는 근래에 드물었다. 시력 저하로 원근감을 느낄 수 없는 대신 질감을 살리는 선택을 했다. 흐릿한 것을 또렷이 보고 싶은 갈망이 긁어내는 색으로 구현되었다. 쌓고 허물고 덧칠하고 벗기는 행위를 반복했다. 그 와중에 새로운 나를 잉태시키는 기쁨과 변화를 일으키는 인고의 과정도 포함되었다. 단순하고 반복적인 행위는 하나의 수행에 가까웠다. 거침없이 긋는 감각으로 눈, 코, 입을 그리며. 그 자체로 받아들이고 인정하는 시간이었다. 그리고 그 끝에서 거울 속에 비친 진짜 나의 얼굴을 바라보았다.

장마리아, 〈Dark Green〉, 2018

시간의 질서

◦

과거는 과거일 뿐이고, 현재는 현재일 뿐이다. 한번쯤 고개를 들어
보라. 몸은 현재에 있지만 마음은 과거에 있거나, 마음은 현재에
있지만 몸이 미래에 있는 사람은 없다. 우리의 과거와 현재, 그리
고 미래는 늘 동시에 가는 것이다. 결국 지나간 어제는 나의 오늘
이 된다.

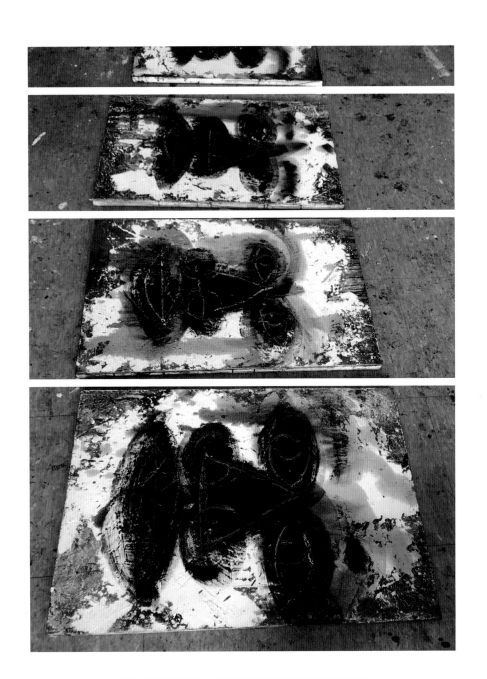

비슷한 작품처럼 보여도 그린 시점과 감정에 따라 얼굴이 달라진다.

부릴 수 없는 욕심

◦

한 사람을 알아보는 데 그리 오랜 시간은 필요치 않다. 찰나의 순간에도 면면의 파동이 느껴진다. 달큰함을 감지한 벌이 꽃을 찾듯이 한동안은 그렇게 줄곧 자화상에만 매달렸다. 그러다 처음 세상에 그림을 보일 기회가 찾아왔다. 때는 2019년, 가나아뜰리에서 열린 경매현장. 모두가 숨죽이는 가운데 시간이 흐르고 있었다. 직접 그린 그림이 경매대에 오르자 한동안 침묵이 감돌았다. 참을 수 없었다. 그새를 견디지 못하고 손을 들어 가격을 불렀다. 그러자 잠잠하던 다른 테이블에서 상향된 가격을 제시했다. 이 상승세를 놓칠세라 다시 가격을 높였다. 그렇게 몇 번을 오갔다. 그러다 매도자인 화가가 자신의 그림을 매수하는 우스운 상황이 벌어졌다. 그리고 믿음과 확신으로 자신의 그림을 적극 어필하는 모습을 세상에 각인시켰다. 이제부터는 오로지 가야 할 길을 가는 것만 생각했다. 나는 어떤 상황과 여건 속에서도 '그림을 보여주고 싶은 작가'였기 때문이다.

2019년 열린 뉴욕 'MIRABO' 전시. 오프닝 현장에서 벽에 걸린 그림들을 둘러보고 있다.

모두를 위한 감동은 없다

o

추상표현주의의 거장으로 불리는 마크 로스코. 1940~1950년대에 왕성하게 활동했던 그는 거대 사각형을 그린 추상화로 유명세를 얻었다. 특히나 자신의 감정을 단색 몇 가지만으로 잘 전달해 수많은 관객의 시선을 사로잡았다. 현장에서 그림을 보고 눈물을 흘리는 사람이 있을 정도다. 그는 미술감상에 있어 가장 중요한 것은 관객과의 교감이라고 주장했다. 관객이 그림을 그린 화가의 감정을 느꼈다면 그 작품을 제대로 이해한 것이라고. 물론 그 수가 많을수록 좋겠지만 하나여도 상관은 없다. 알아보는 대상 하나만 있으면 어떻게든 삶은 완성된다.

Mark Rothko, 〈No. 6 (Violet, Green and Red)〉, 1951

첫 번째 콜렉터

◉

실제로 전시업계에 떠도는 말이 있다. '한 사람만 감동시켜도 그 그림은 성공이다.' 어느 날, 한 통의 전화가 걸려왔다. 은막에 가려져 있던 국내 미술 시장의 큰손이 자화상을 사고 싶다는 것이다. 의외의 소식이었다. 사실 대부분의 사람들은 화려한 색채가 쓰인 그림을 선호하는 경향이 있다. 화사한 색감과 정교한 기법이 어우러져 하나쯤 소장해 집에 걸고 싶은 그림 말이다. 그런데 먹색으로 가득한 어둠침침하고 우울한 자화상을 찾는 콜렉터가 있다니. 백사장에 파묻힌 수많은 모래알 가운데서도 옥석을 가리는 사람은 존재하는 것일까? 수사數詞가 무의미해지는 나의 첫 번째 콜렉터였다.

장마리아, 〈Gray Is Gray〉, 2019

보이지 않는 것을 본다는 것은

◉

미국에 있는 동료와 우연히 연락이 닿은 오후였다. 뉴욕 버팔로에 위치한 미라보MIRABO 공방으로부터 초청을 받아 떠나게 되었다. 판화 공방에서 진행하는 일종의 '그림 연수'라고 볼 수 있었다. 그런데 왜 하필 보잘것없는 나에게 이런 기회를 준 것일까? 이유는 단순했다. 그리는 기법이 재미있고 독특해서? 그들은 내 그림이 얼마에 팔리고 있느냐보다, 어떻게 만들어지는가에 더 주목하고 있었다. 순간 그 이야기가 내게는 이렇게 들렸다. 당신이 지금 어떤 얼굴을 하고 있느냐 보다, 이제껏 살아온 삶의 주름이 훨씬 중요하다고. 때로는 보이는 것을 걷어내야만 보이지 않는 그 무엇이 보이기 시작하는 법이다.

형체를 알아보기 힘들 만큼 수십 번 덧입혀진 자화상 풍경들.

수줍거나 혹은 떨리거나. 전시를 앞두고 설레는 마음이 다각도로 표현되었다.

삶과 작업

○

삶과 작업이 같이 가기란 쉽지 않다. 마찬가지로 삶도 자신과 꼭 같기는 힘들다. 매 순간 자신을 들여다보는 시간이 필요한 이유다. 은연중에 드러나는 나와 세상의 괴리, 그리고 모순을 좁히기 위해서도 그렇다. 우리는 세상의 시선을 통해 자신의 매일을 들여다봐야 한다. 그런 면에서 진정한 얼굴, 곧 자화상이란, 자신이 그리는 모습이 아닌 타인에 비친 나의 모습이다.

PART 03

[In Between Series] 2017
[Spring Series] 2018
[In Between-Spring Series] 2019~현재

가 려 진   내   안 의

나 를   꺼 내 다

꽃잎 몇 개

◦

위아래로 살랑이는 벚꽃잎, 해맑게 퍼지는 웃음소리, 영원히 기억되는 찰나의 순간들. 모든 것이 쉴 새 없이 나부끼고 있었다. 윤중로 벚꽃길 한가운데 멈춰 서 있는 것은 오직 나 하나뿐. 떨어지는 꽃잎들이 자꾸만 내게 말을 걸었다. 그래, 이제는 설레도 좋다. 설레도 된다. 서랍 속에 감춰둔 색을 불현듯 꺼내고 싶어졌다.

2022년에 열린 ' MARIA CHANG x KUHO' 전시. 툭 불거진 양감과 강렬한 붓터치가 그림 속으로 자꾸만 끌어당긴다.

저것이 나일지도 모른다

○

흩날리는 벚꽃잎에 잠 못 들던 밤, 새벽녘에 눈을 뜨자마자 부리나케 아틀리에로 향했다. 무엇을 그리는지도 알지 못한 채 정신없이 붓을 휘둘렀다. 오로지 마음을 간지럽히던 알록달록한 색을 마음껏 쓰고 싶다는 생각에서였다. 하지만 정신없이 그림을 그리다 이내 고개를 들어 수십 점의 검은 자화상을 마주한 순간, 걷잡을 수 없이 몰아치는 불안감에 그림을 감추었다. 평소에는 쓰지 않았던 색. 일말의 자기 확신이 없었다. 그래, 어쩌면 저것이 나일지도 모른다.

혼합재료에 아크릴 물감을 믹스한 그림 조각들이 시각적 설렘을 가져다준다.

새벽녘의 진심

o

그림을 볼 줄 아는 이는 마음도 보이는 것일까. 하루는 지인들이 그림을 보고 싶다며 멀리서 작업실을 찾아왔다. 지인의 지인들까지 더해진 몇 명의 무리였다. 그런데 찬찬히 주변을 둘러보던 중에 누군가 자화상 앞에 멈춰 섰다. 개중에도 그림을 좋아해 보는 눈이 남달랐던 한 언니였다. 그녀는 걱정스러운 얼굴로 입을 열었다.
"그림이 너무 우울하고 슬퍼. 너한테도 빨리 봄이 왔으면 좋겠다."
그래, 봄. 순간 '봄'이라는 단어가 마음을 파고들었다. 그 말을 듣자마자 잃어버린 분실물이라도 생각난 것처럼 창고로 달려가 그림을 꺼내왔다. 파스텔 컬러가 가득한 그림이었다. 흩날리는 벚꽃잎을 잊지 못해 새벽바람에 달려와 그렸던 어느 날의 흔적들. 하지만 언니는 수줍게 내민 그림을 보고 미소부터 지었다. 마치 네 안에 찾아온 봄을 왜 여태 숨겼냐는 듯이. 생각해보면 나에게도 밝은 면이 있었다. 타인은 잘 알지 못하지만 스스로는 잘 아는 내 안의 나. 안위와 행복을 살피는 진심 어린 한마디에 막다른 출구로 빛이 들어오는 느낌이었다. 그 뒤로 더는 그림을 서랍 속에 숨기지 않는다. 그리고 나에게 찾아온 두 번째 계절을 충실히 살아가고 있다.

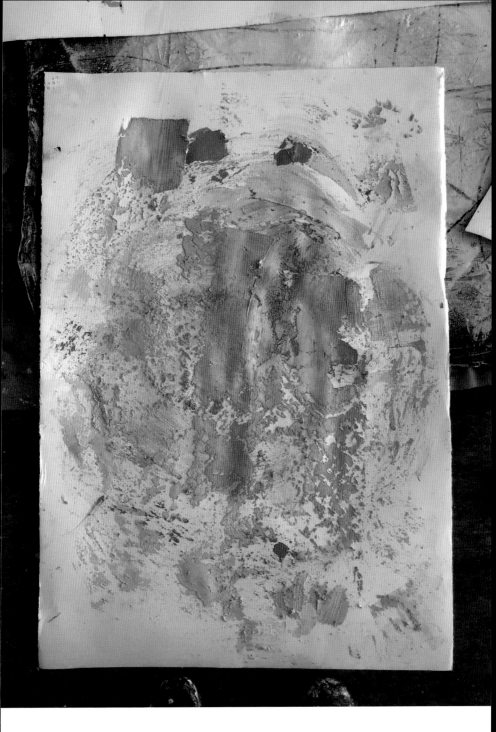

봄을 연상시키는 컬러가 화사하게 펼쳐진 그날의 작품.

투박한 작업이 이루어지는 아틀리에지만 안에는 언제나 생동감과 따스함이 넘친다. ©living Sense

봄처럼 살아라

o

한 폭의 그림이 어둠에서 희망을 건져 올리듯, 때로는 한마디 말이 사람을 살리고 죽인다. 세상에 무엇을 남길지를 정확히 깨닫는 순간이었다.

"그러니 봄처럼 살아라.
그리고 너도 누군가의 봄이 되어라."

발 빠른 포기

o

급격한 시력 저하는 화가의 인생에 치명적인 약점을 안겼다. 사물 간의 거리를 느낄 수 없었고, 색과 형태에 대한 뚜렷한 구분이 어려웠다. 하지만 추상화에서만큼은 모든 것이 자유로웠다. 사실 추상이라는 세계는 답이 없다. 그러다 보니 무얼 그렸는지가 불분명하고, 그렇기에 더욱 강렬하고 매혹적이다. 나는 추상화를 그리면서 인생을 살다가 만나게 되는 변화무쌍한 순간들을 작품의 소재로 끌어들였다.

원근감을 느끼지 못하게 되었으니 시멘트를 발라 두께감을 쌓았고, 디테일한 스케치를 생략하는 대신 색과 터치에 힘을 실었다. 툭 불거진 조소와 색채가 깔린 회화, 그 어디쯤의 경계선상에 서게 된 것이다. 통제할 수 있는 일과 통제할 수 없는 일, 지금 할 수 있는 일과 지금 나에게 주어진 일. 이처럼 인생에서는 무엇을 버리고 무엇을 얻을지를 구분하는 일이 매우 중요하다. 삶의 명확한 방향을 찾는 시작은, 언제나 자신이 어디 서 있는지를 아는 것부터다.

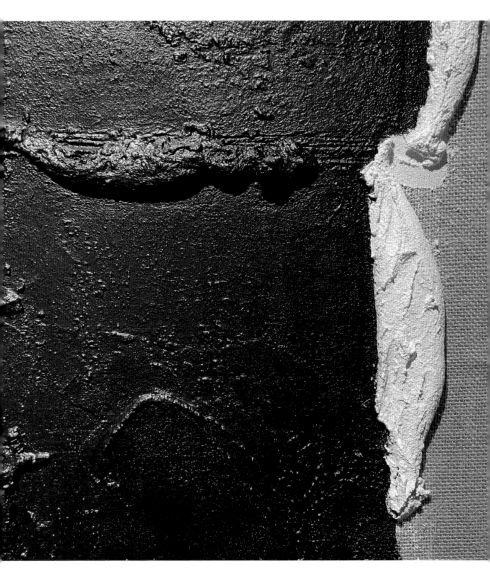

두터운 젤스톤과 거친 질감의 황마천은 조각과 회화의 경계로 관객들을 초대한다.

0으로 가는 마음

◉

그즈음 가장 먼저 시작한 작업은 재료를 찾는 일이었다. 시간이 지나도 떨어질 리 없는 영원한 재료에 대한 고민도 그때 함께 시작되었다. 한번은 길을 가다가 작업 중인 공사장을 발견했다. 그런데 현장 인부들의 모습이 어쩐지 낯설지가 않았다. 진득하게 배합된 시멘트 하며 삐죽 튀어나온 철근, 흐트러진 벽돌과 미장이까지. 땀 흘려 일하는 인부들의 움직임이 일사불란하게 이어졌다. 그 순간 그림으로 가득한 나의 작업실이 오버랩되었다. 색색의 아크릴 물감과 조각칼, 여기저기 널브러진 오일바와 나이프까지. 공사장의 그것들과 별반 다르지가 않았던 것이다. 또 거푸집을 짓고 허무는 일련의 노동이 그림을 그렸다 덮는 작업과 흡사했다. 어쩌면 살아가는 것도 이와 비슷한지 모르겠다. 수없는 무너짐과 일으킴을 반복하며 자신을 갈고 다듬는 과정 속에 무언가를 완성해가고 있는지도. 고막을 때리는 대낮의 공사장이 문득 인생과 묘하게 닮았다는 생각이 들었다.

2019년 열린 뉴욕 'MIRABO' 전시. 공사장의 시멘트 더미와 기중기를 연상시키는 설치 미술이다.

무너뜨릴 줄 아는 사람

o

오늘도 허물고 짓는다. 그리도 또다시 작업을 반복한다. 결국 우리는 소중한 것을 무너뜨릴 수 있기에 완성될 수 있다. 인생은 무언가를 새롭게 시작하는 용기보다, 기꺼이 덮을 줄 아는 용기가 더 중요하다.

2호부터 10호짜리 평붓, 철붓과 펜슬케이스가 놓인 작업용 테이블.

틈과 틈에 대하여

○

시멘트 한 포대를 주문하고 난 직후, 이윽고 나는 중대한 결론에 이르렀다. 생각보다 사람은 자신의 풍부한 경험이나 감각, 직관보다 외부의 것들에 더 많은 영향을 받는다는 사실을. 나는 그림을 긁을 때 보이는 어렴풋한 색을 통해 그 속에 은둔해 있던 수줍은 얼굴을 끄집어냈다. 자화상이 기존의 컬러풀한 그림들을 회칠로 덮은 후 뾰족한 도구로 긁어내는 방식이었다면, 이제는 세상 밖으로 나와 사람 간의 관계를 격자무늬로 표현해나갈 차례였다. 자화상 때는 오직 나를 이야기했었다. 하지만 '인비트윈 시리즈'는 달랐다. 누군가의 한마디에 인생이 180도 바뀌었던 것처럼 나와 당신에 관해 이야기하고 싶었다. 결국 우리는 누군가에게 영향을 받고 그 안에서 새로운 나를 발견할 테니까. 마대자루를 만드는 거칠고 성긴 황마천을 꺼내 들었다. 그리고 그 위에 아크릴 물감을 섞어 사람들 사이에 다리를 놓는 작업에 돌입했다. 당신과 내가 만나더는 혼자가 아니게 되는 것. 그즈음 나는 틈과 틈, 보이지 않는 그 어디쯤에서 '서로'를 이야기하고 있었다.

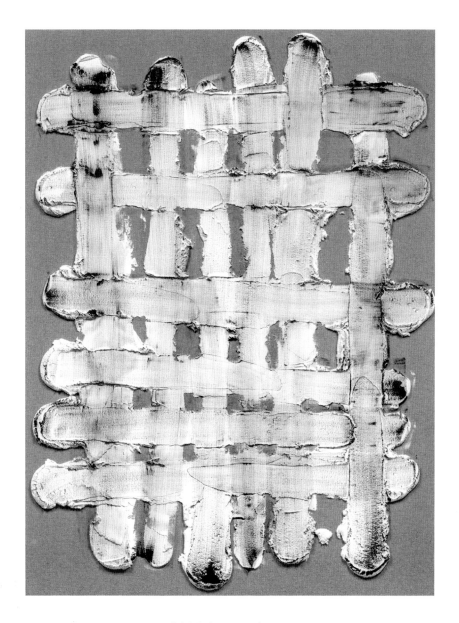

장마리아, 〈In Between〉, 2022

최적의 거리

o

우리는 늘 최적의 거리를 찾아 선을 넘나든다. 하지만 그럼에도 멈추지 않는다. 기꺼이 서로의 간격이 되어주고 서로의 안정을 도모한다. 사람과 사람 사이는 생각보다 멀고 생각보다도 가깝다.

장마리아, 〈In Between—Sky Blue〉, 2020

아주 작은 시작

◦

사람들은 보통 완성된 그림 자체만 보지 그것의 뒷면을 보는 경우는 드물다. 프로의 세계로 들어서면서부터 두터운 나무 판넬을 쓰기 시작했다. 물성을 극대화한 젤스톤의 무게를 지탱하려면 나무살로 만든 십자 모양의 캔버스보다 통판으로 된 튼튼한 판넬이 필요했던 까닭이다. 그러던 중 가깝게 지내던 한 친구가 자신이 가는 연희동의 가구점을 귀띔해주었다. 서랍장을 맞췄다는데 얼마나 견고한지 뿌듯해했다. 그리고 삼나무, 박달나무, 이름 모를 나무까지, 몇 번의 샘플 끝에 맞춤형 판넬을 받을 수 있었다. 그 소문난 만듦새를 눈으로 직접 확인한 순간부터 나는 지금까지도 그곳에서 판넬을 주문하고 있다. 물론 작업은 거기서 끝나지 않는다. 작업실에 도착한 직후 판넬에 천을 씌워 타카로 박음질한다. 손목이 나갈 정도로 고된 작업이라 보통은 전문가에게 맡기지만 나의 경우는 거뜬히 혼자서 해낸다. 천을 씌우는 것부터 '작업의 시작'이라서다. 사실 대부분의 그림이 그렇다. 화가의 의도부터가 첫 단계다. 일련의 과정이 없으면 완성도 없다. 그렇기에 이 모든 단계가 내겐 하나의 의식이요, 완결을 향한 준비된 흐름이다. 때때로 우리는 보이는 것보다 보이지 않는 것에서 더 깊은 진실에 맞닿을 수 있다.

나무 두께만 약 5cm에 이르는 수제 판넬은 그 자체로 온전한 하나의 작품이다.

어쩌면 가장 듣고 싶었던 말

○

그렇게 대중의 관심이 하나둘 늘어날수록 화가로서의 의문도 불어났다. 사람과 사람 사이에 남는 것은 결국 무엇일까? 하지만 그에 대한 본질적인 답은 언제나 화가 자신에게 달려 있었다. 그리고 여러 감정들 가운데 남기고 싶은 것은 단 하나, 나를 살린 '빛'이었다. 그러기 위해 스스로 과감히 치부를 드러냈다. 화가의 인생을 집어삼킨 무수한 회색빛 초점을 부러 화폭에 담기 시작한 것이다. 두 번째 연작, '스프링 시리즈'의 시작이었다. 대부분의 시련은 사람을 녹슬게 한다. 끝없는 부식과 소멸로 의지를 꺾어버린다. 하지만 그 속에서도 희망은 피어난다. 나는 뼈아픈 과거의 일면을 통해 빛의 역설을 전하고 있다. 시야를 가리고 있던 불행의 성질이 뒤바뀌는 순간이었다. 사실 인생을 통틀어 불행 없는 희망이란 없다. 희망도 불행을 겪어봐야 희망인 줄 안다. 그때 알았다. 극단과 극단은 통한다는 것을.

장마리아, 〈In Between–Spring Series (Red)〉, 2022

어떤 해답

o

자멸하던 회색빛 반원은 이제 봄의 아지랑이가 되었다. 불운을 행
운의 표식으로 바꾸는 답은 언제나 내 안에 있다.

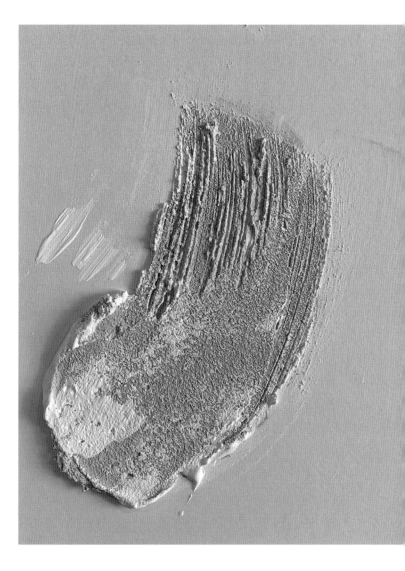

망막에 맺히기 시작한 회색빛 반원은 '스프링 시리즈'의 모티브가 되었다.

중간에서 바라보기

◉

다음, 그다음에 대한 물음표가 점점 떠오를 즈음이었다. 세 번째 작업 '인비트원-스프링 시리즈'에 돌입했다. 격자무늬를 그리고 난 후 마르기 전에 미장이로 밀어내면 아주 희미한 형태만이 남는다. 이것은 서로 스며들고 번지며 하나가 되는 관계를 의미했다. 그리고 그 속에 봄의 아지랑이가 움트게 했다. 누구도 놀라지 않았다. 모두 이러한 변화를 자연스럽게 받아들이고 있었다. 마침 운이 좋았다. 무명작가를 벗어나는 과도기에 있었기에 뭐라 할 사람이 없었고, 지난 그림을 덮어버릴 배짱이 아직 내게 남아 있었다. 사람들은 대개 관성의 법칙을 따르기 마련이다. 그림의 세계에서는 더욱 그렇다. 그러다 보면 결국 살고 싶은 대로 살지 못하고 영원히 삶을 마감하게 된다. 예술이 그렇듯 인생도 그렇다. 자신만의 고유한 빛깔은 단번에 나오지 않는다. 스스로 주도하고 선택한 시간 속에서 생을 여러 번 담금질하는 가운데 가능해진다.

장마리아, 〈In Between—Spring Series (Blue)〉, 2021

변했다는 말

◦

"갑자기 왜 이렇게 변했어?"
"예전 그림이 더 나은 것 같아."

초반에 새로운 시리즈로 세간의 이목을 받으며 급부상할 때였다. 값진 축하의 인사도 받았지만 더러 놀라운 시선도 쏟아졌다. 개중에는 진심 어린 조언을 가장해 어두운 과거로의 회귀를 바라는 이도 있었다. 당시에는 그림에 관심을 보이지 않던 사람들이었다. 물론 맥락 없이 변한 것이라면 이러한 질문들이 따가울 수 있다. 하지만 나는 달라질 수밖에 없는 나름의 역사가 있었다. 지나온 모든 삶에 당당했다. 세찬 비난과 조롱에도 타격을 받지 않는 이유였다. 나는 늘 그랬듯이 앞으로도 변화를 줄 것이다. 어디로 튈지 모르는 삶과 그림의 장르를 하나로 규정지을 수 없게. 그러나 그 본질이 나라는 사실은 언제나 바뀌지 않는다.

장마리아, 〈In Between−Spring Series (Pink)〉, 2022

애타게 찾고 있었던 것

o

한편으로 누군가의 따사로운 시선은 순풍에 돛을 달아주기도 한다. 하루는 국내에서 손꼽히는 한 유명화가가 오프닝 전시회를 찾아왔다. 자연스럽게 노화백과의 만남도 그림들 속에서 이루어졌다.

"장 화백, 화풍이 이렇게나 바뀔 수도 있나요? 그러니까 내 말은… 그 용기가 부럽다는 뜻이에요."

그의 손가락이 그림 하나를 가리켰다. 마침 애타게 찾고 있었던 답이 그곳에 있기라도 한 것처럼. 그러고는 하려던 말을 계속 이어나갔다.

노화백은 이름이 널리 알려진 탓에 변화를 시도할 수 없다고 했다. 대중들은 수십 년의 화풍으로 그를 기억할 테고, 그들이 찾는 그림들 또한 과거의 것이 전부였다. 그를 지탱하는 순수한 열정은 달라진 것이 없었지만 어쩐지 변화라는 단어만큼은 낯설게만 느껴졌다. 노화백은 그렇게 짧게나마 진심을 전한 채 자리를 떴다.

물론 인정받는 삶도 중요하다. 하지만 순간의 벽을 넘지 못하고 사진처럼 고정되는 순간 더 이상의 발전은 없게 된다. 그런 면에서 나는 행운아다. 여전히 삶을 아름답게 가꾸고 닦아놓을 책임과 의무를 느낀다. 그리고 그런 마음이 매일 나를 새롭게 한다.

격자무늬는 갈수록 희미해지고 아지랑이는 한층 강조된 'In Between-Spring Series' 연작.

마음밭의 주인

o

동서양의 서로 다른 문화권에서 자란 나는 미술계에서 흔치 않은 유형이었다. 해야 할 말이 있다면 당당히 이야기했고, 나를 알릴 수 있다면 호기롭게 어필했다. 적어도 그림에서만큼은 나 자신이 기준점이 되어 전면에 나섰다. 남이 원하는 그림이 아닌 내가 원하는 그림, 남이 좋아하는 작품이 아닌 내가 좋아하는 작품을 그리기 위해서. 스스로가 좋으면 그만이라는 기준을 두었다. 그림 뒤에 숨는 화가가 아니라 그림보다 앞에 서는 화가가 되기로 한 이유다. 타인의 시선에서 자유롭지 못하면 그것은 더는 예술로서 가치가 없다. 마음밭의 주인은 언제나 자기 자신, '씨를 뿌리는 사람'이다.

한쪽으로 몸이 쏠릴 만큼 강한 붓터치는 마를 때까지 한 달의 간격을 두고 덧칠을 반복한다.

주황의 마법

o

명품관이 즐비하게 늘어선 한 유명 백화점. 2층에 위치한 매장 앞에는 언제나 미술품이 걸려 있다. 일정 기간 전시를 위해 걸리고 나면 다른 그림으로 로테이션되는 식이다. 아마도 럭셔리한 내부의 분위기를 살리고, 구매욕을 불러일으키기 위한 용도 같다. 그무렵 운 좋게 나의 그림도 걸렸다. 그런데 하필 그곳 명품관 앞에 오렌지빛 그림이 걸리는 바람에 입소문을 탔다. '에르메스' 컬러를 소화하는 화가로 말이다. 실제로도 주황색을 좋아했다. 나의 밝은 부분을 잘 보여주는 색이랄까. 블랙이나 화이트처럼 흔하지 않고, 너무 노랗거나 빨갛지도 않다. 어떤 유치함이나 부담감과도 거리가 멀다. 중도를 지키면서도 고급스럽다. 그러다 보니 모든 면을 숙고한 끝에 색을 섞는다. 그런 끝없는 노력과 우연의 합으로 불꽃이 튀었다. 나만의 시그니처 컬러가 탄생하는 순간이었다. 그리고 기회는 반드시 찾아온다.

장마리아, 〈In Between−Spring Series (Orange)〉, 2021

장마리아, 〈Between−Spring Series (Purple)〉 2022

채색된 그림 위에 두 번째 레이어를 덮고 있는 모습.

품위를 다루는 방식

◉

"마리아 작가님, 엠 샤푸티에에서 만나보고 싶대요."

엠 샤푸티에. 프랑스 론 밸리에서 7대째 가업을 이어받은 이곳은 오랜 역사만큼 명성을 자랑하는 최고급 와이너리다. 딱 하나, 유서가 깊다는 것이 흠이라면 흠이었다. 그들은 전통적인 이미지를 던지고 새롭게 도약하고자 했다. 그래서 글로벌 시장을 겨냥한 젊은 라인을 출시할 계획을 세우고 있었다. 그러다 문득 아시아 화가의 그림이 눈에 띄었고, 와인수입업체를 통해 직접 콜라보를 제안해왔다. 흙을 그대로 바른 듯한 자연의 질감과 초록빛 컬러를 가득 머금은 색채가 그들이 추구하는 친환경적 의미와 잘 부합한다는 평가였다. 이제 그림을 얹은 라벨링을 와인에 두르면 끝이었다.

하지만 문제가 하나 있었다. 그들의 라벨링에는 고유의 디자인으로 입체 글자가 들어간다 사실이었다. 이 상태로 라벨링 작업을 한다면 그림 본연의 가치가 훼손될 수 있었다. 원래대로라면 정도와 원칙을 걸어온 만큼 편의를 봐주지 않는 것이 원칙일 터. 하지만 명품 와이너리는 달랐다. 화가의 고민을 십분 이해해 기존의 라벨링을 버리고 그림을 실어주었다. 아니라면 지금 당장 끊어낼 수 있는 용기, 삶에 새로운 것을 받아들이는 자세, 그것은 '품격'에서 나온다. 훗날 나는 비공식적으로 프랑스 남부에 위치한 그들의 포도농장을 찾아 서툰 언어로 그날의 고마움을 건넸다. 그날, 기다란 물줄기를 따라 흐르는 론강과 수면 위로 비치는 보랏빛 풍경은 농익은 와인만큼 진하고 아름다웠다.

장마리아, 〈In Between—Spring Series (Olive Green)〉, 2021

콜라보한 와인이 놓여 있는 프린트베이커리 전시.

한 장의 힘

o

적막을 깨는 한 통의 전화가 걸려왔다. 국내 굴지의 기업에서 만든 컨템포러리 브랜드 구호KUHO였다. 구호는 매년 패션의 아름다움을 시각장애 아이들과 나누자는 취지로 '하트 포 아이' 캠페인을 진행하고 있다. 그리고 나는 비슷한 아픔을 먼저 공유한 아티스트로서 참여의 자격을 얻었다. 하지만 유명세를 탄 신진화가가 아닌 동류의 응원자로 함께하길 바랐다. 화가로서 구현할 수 있는 최선의 이정표를 전하고 싶었다. 그래서 시그니처 붓 터치로 아지랑이를 마주 보게 그려 하트를 형상화했다. 훗날 나는 기사를 통해 전시 수익금으로 395명의 어린이가 눈을 떴다는 소식을 접할 수 있었다. 희망을 그리는 화가가 아니라, 희망이 되는 순간이었다. '그림이 갖는 힘이란 게 이런 것일까?' 그림은 향유할 수도 있지만 나눌 수도 있다. 그리고 생각보다 더 많은 일을 해낼 수 있다.

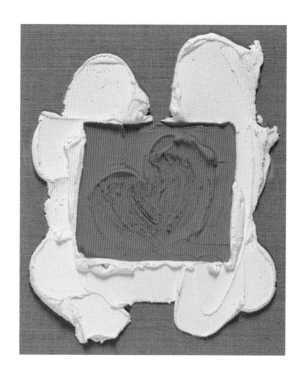

장마리아, Heart for Eye 〈In Between—Spring Series (Orange)〉, 2021

시리즈 끝자락 무렵, 번짐과 물듦에 대한 다음 작업도 시작되었다. ⓒliving Sense

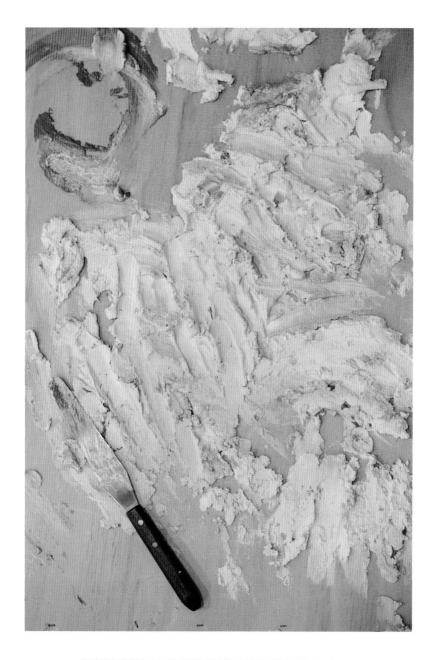
본격적인 작업에 앞서 무지갯빛 물감을 섞어보고 있다. ©living Sense

'과감히'의 중요성

○

변화의 조짐이 감지될 때 삶은 송두리째 흔들린다. 1000만분의 1의 확률로 시야를 잃었다. 스스로 끝났다고 생각했다. 누군가는 실패라고도 속살거렸다. 그럼에도 거짓말처럼 화가의 삶은 끝나지 않았고 다음 챕터를 살아가고 있다. 인생이 그렇다. 평온하고 잔잔한 배는 오히려 방향을 잃기 쉽다. 잔뜩 성난 해일을 만난 배만이 몸을 밀며 앞으로 나아갈 수 있다. 또 마침내 바라던 그곳에 가 닿는다. 우리는 그저 끝없이 변화하며 자신을 찾는 여정 중에 있을 뿐이다. 그리고 이 모든 순간은, '갈망하는 자'들의 기회다.

장마리아, 〈In Between—Spring Series (Sky Blue)〉, 2022

PART 04

[Permeation Series] 2021~현재
[Luminosity Series] 2022~현재

단 하나뿐인
───────── 세 상 의 빛 으 로

첫 물들이기

○

첫 물들이기. 어린 시절 한국에 와서 경험한 첫 '봉숭아 물들이기'에 대한 기억이다. 탐스럽게 영근 수세미오이가 넝쿨을 타고 오르기 시작하면, 농익은 봉숭아가 화단에서 톡 하고 씨앗을 터뜨린다. 그렇게 손톱 반월까지 붉게 물들이고 있노라면 여름은 눈 깜짝할 사이 성큼 다가와 있었다. 성인이 되어서는 꽃잎을 대신한 붓이 손끝을 물들이고 있었다. 마치 그때 그 시절로 걸어들어온 것처럼 한번 잡으면 놓을 줄을 몰랐다. 나는 이 모든 순간이 손가락 사이로 빠져나갈 새라 양껏 그러모았다. 성장은 손끝을 물들이는 일처럼 대부분 우연히 이루어졌다. 시간이 갈수록 찬란하게 고무되는 날들이었다.

장마리아, 〈In Between–Permeation (Purple)〉, 2021

침투

◉

물들이고, 스며들고, 배어든다. 서로의 사상이나 현상이 깊숙이 녹아들며 퍼져나간다. 전혀 다른 무언가가 숨어들었지만 결국 구분할 수 없게 되는 것. 너와 내가 영향을 주고받으며, 서로의 삶에 깊숙이 관여하는 일. 우리는 그것을 '침투'라고 부른다.

한참을 서 있거나 그대로 주저앉거나. 퍼미에이션 작업은 이름만큼이나 자유롭다.

어느 날의 그림체

o

예전에 누군가 말했다. '친구를 보면 그 사람이 보인다.' 나에게는 얼굴을 비추는 벗들이 있다. 초등학교 때부터 알고 지내온 막역한 사이로 성인이 된 지금까지도 친밀하게 지내는 관계다. 그런데 특이하게도 우리 넷은 많은 부분이 다르다. 성격도, 생김새도, 혈액형도. 하물며 자라난 환경에서마저도 차이가 난다. 이렇듯 이질적인 역사를 미루어봤을 때 우리는 완벽하게 다르다는 공식이 성립된다. 한데 다른 사람들 눈에는 우리가 꽤나 비슷한 모양이다. 영화를 볼 때면 똑같은 장면에서 웃음이 터지고, 비슷한 시점에서 눈물을 흘린다. 어쩌다 서로 눈이 마주치기라도 하면 소소하게 하루가 행복하기도. 우리는 오랜 시간 서로에게 스며들어 새로운 색깔을 만들어내고 있었다. 서로가 원했든 원치 않든 그것도 적당히 침투적인 관계로. 결국 침투는 하나다.

장마리아, 〈Untitled〉, 2021

장마리아, 〈Permeation (Green)〉, 2022

장마리아, ⟨Untitled, Screenprint⟩, 2021

위기는 기회다

○

그 무렵 일상에 또 다른 침투의 신호가 감지되고 있었다. 세계적으로 들끓는 바이러스가 우리 삶의 많은 부분을 바꿔놓았다. 누군가에게는 위기로, 누군가에게는 기회로. 나는 후자에 속했다. 폐쇄된 공간 속에 머무는 날이 늘다 보니 사람들의 관심은 볼거리를 향했다. 또 깊이 이해하지 않아도 추상화가 시장의 주목을 받기 시작했다. 흉조가 길조로 작용하는 순간이었다. 사실 이전까지는 '틀 안'의 자유만을 허락해왔었다. 이른 나이에 한국으로 건너와 자유로운 영혼을 주체할 수 없었고, 세상과의 밸런스를 위해 어느 정도 질서와 규율이 필요했다. 그래서 그림마다 마음의 창을 그렸다. 일정한 프레임을 만들어주고 그 안에서 마음껏 뛰놀게 했다.

그림을 하는 사람 입장에서 틀에 박힌다는 것은 슬픈 일이 아닐 수 없다. '너는 이런 그림만 해야 해'라는 소리니까. 그런 면에서 나는 어느 쪽이고도 싶지 않았다. 회화와 조각 모두이고 싶었고, 회화와 조각 모두 아니고 싶었다. 미대를 다닐 때도 동양화부터 섬유미술, 조소, 회화까지 이 수업 저 수업을 넘나들었다. 그 생각에는 지금도 변함이 없다. 하나의 부류로 규정되지 않는 전혀 다른 형태와 색깔로. 스미고 나면 이대로 끝이 아니라, 그것 하나로 또다시 새로워지는. 그렇게 조금씩 나만의 아이텐티티를 찾아가는 중이었다.

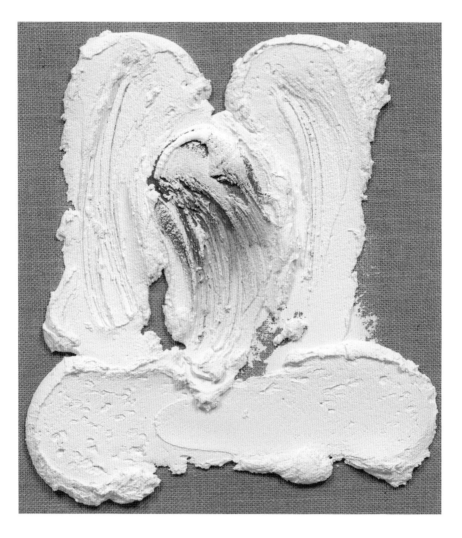

장마리아, 〈Permeation〉, 2022

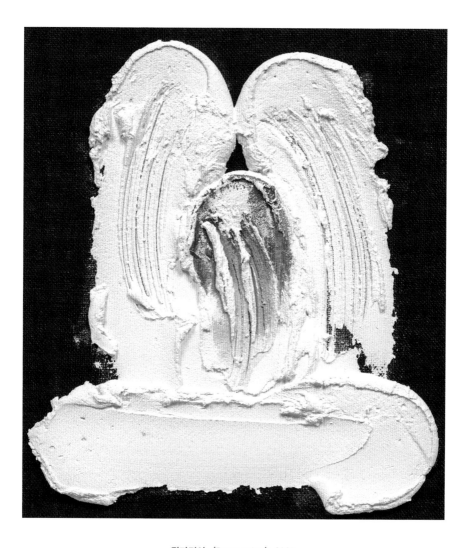

장마리아, 〈Permeation〉, 2022

스밈의 태도

◦

2022년의 일이다. 프랑스 파리에서 열리는 '시테 데자르 레지던시 Cite des arts Residency'로부터 초대를 받았다. 당시 나는 선진미술을 경험한다는 명목 아래 유서 깊은 판화공방에서 한 달간 작업에 임했다. 그런데 이곳에서 다뤄지는 판화에는 나름의 독특한 전통이 있었다. 하나는 두꺼운 석판화를 대대로 돌려쓰며 공유한다는 것. 또 하나는 물감을 입히고 찍는 전문가 집단이 존재한다는 사실이었다. 수백 년의 역사가 그래왔다. 조각된 단면을 깎아내 새로운 석판화가 탄생하면, 약속이나 한 것처럼 바로 다음 화가에게로 전해졌다. 피카소부터 마티스, 모네까지, 수많은 화가의 혼이 서려 있었다.

한편 공방 기술자들은 주문받은 색의 채도를 구현해냈다. 같은 색이라도 새벽녘에 떠오르는 불그레한 태양인지, 일렁이며 넘어가는 검붉은 태양인지 의도를 정확히 읽어내 찍었다. 좋은 작품을 위한 의견도 끊임없이 나누었다. 마치 화가와 한 몸처럼 움직이는 시퀀스다. 나는 그때까지만 해도 그들을 협업의 바운더리에 두지 않았다. 하지만 이곳에 오고 생각이 바뀌었다. 그들을 보조자나 기술자가 아닌, 예술가로 바라보게 된 것이다. 이처럼 삶이라는 작업에 임하는 특별한 마음가짐은 생각보다 더 많은 것을 세상에 각인시킨다. 또 생의 주체자로서 당신을 살아가게 한다. 오랜 세월 앞에 놓인 벽과 벽이 서서히 지워지는 순간이었다.

두께별 펜슬과 심 케이스가 놓인 판화 공방의 전경이 클래식하다.

모네가 일러준 사실

◉

1920년대 파리로 시간 여행을 떠난 한 남자의 이야기를 그린 영화, '미드나잇 인 파리'. 에드가 드가와 폴 고갱, 클로드 모네 등은 수많은 대화를 통해 우리에게 황금빛 예술과 낭만을 들려준다. 파리에 체류하는 동안 나 역시 영화 속 주인공 길이 되어 예술가들의 흔적을 더듬었다. 특히 파리에서 1시간 정도 떨어져 있는 지베르니에 대한 기억은 지금도 망막에 맺힌 것처럼 선연하다. 모네는 그곳에 자리한 생가에서 평생 지극정성으로 정원을 돌보았다. 갓 꽃망울을 터뜨린 튤립과 빛이 흐르는 잔잔한 연못은, 보는 것만으로도 숨이 막히는 시각적 호사마저 누리게 해준다.

특히 수련은 그의 작품 속에서 거부하기 힘든 아름다움의 실체였음이 분명하다. 인생과 작업이 늘 함께 갔던 사람. 그는 86세까지 무려 30년 동안 '수련'을 그렸다. 저마다 생각하는 미의 기준이 다를진대 자신이 창조한 세계관으로 모두의 인정을 받은 것이다. 파리로 돌아오는 기차 안에서 내내 생각했다. 어쩌면 예술은 '나만의 아름다움을 찾아 헤매는 시간'일지도 모른다고. 그저 오늘도 추구하는 바를 묵묵하고 담대하게 걸어가야겠다. 눈앞에 펼쳐진 한 폭의 정원이 일러준 교훈이었다.

클로드 모네, 〈수련 연못〉, 1900

화음의 춤

○

20세기 표현주의 화가로 피카소와 양대산맥을 이루는 앙리 마티스는 뛰어난 색채감과 역동적인 그림으로 강렬한 메시지를 전달하는 화가다. 그의 그림 중에는 유달리 눈에 띄는 작품이 있다. 바로 '춤'이다. 교과서에서 수도 없이 접했던 그림을 좋아하는 데는 그만한 이유가 있다. 성별을 알 수 없는 남녀가 뒤섞여 손을 잡고 춤을 춘다. 단순히 행위를 통한 쾌락과 환희를 전달하기 위함이 아니다. 진정한 속뜻은 다른 데 있다. 원을 만들기 위해서는 양손을 뻗어 잡아야 하고, 그래야지만 바라는 동작이 완성될 수 있다. 서로가 서로를 붙잡아 작은 몸부림이라도 함께 느끼는 이유. 그의 그림은 언제나 화음을 이루고 하나의 삶을 이룬다.

앙리 마티스, 〈춤〉, 1909–1910

간섭과 관섭 1

◉

부모님은 작업에 있어 아주 친밀한 관섭꾼이다. 작업이란 나에게 있어 어릴 때부터 정해진 시간과 장소에서 이루어지는 어떤 특별한 행위가 아니었다. 즐거움이 곧 작업이었고, 작업이 곧 즐거움이었다. 그러다 보니 작업실로 학교와 집을 구분하지 않았다. 오히려 집에서 하는 작업이 훨씬 더 수월했다.

섬유미술을 공부하던 대학생 시절의 이야기다. 그날도 엄마는 주방에서 열심히 생선을 굽고 있었고, 나는 열심히 염료를 뿌려 천을 염색하고 있었다. 그런데 얼마나 지났을까. 식탁 위의 놓인 생선이 파랗다. 엄마의 얼굴도 새파랗게 질려 있다. 입자가 작은 염료가 흩날리다 그만 저녁 식탁에 오를 생선까지 물들이고 만 것이다. 그 후로도 매캐한 연기로 가족을 기함하게 만드는 것은 물론, 돌가루를 만든다며 사방팔방 튀기는 사건을 일으켰다. 그런데도 부모님은 어찌 된 영문인지 한 번을 잔소리하지 않았다. 혼내기는커녕 오히려 작업에 물음표를 달아주었다.

최근에도 비슷한 일이 있었다. 장작용으로 잘라놓은 나무결 사이로 글리터를 바를 때였다.

"왜 하필 나무니?"

"그런데 나무를 왜 잘랐어?"

"그냥"이라는 답변은 싫어하셨다. 그러면 나는 부모님이 연달아 던진 질문을 밤새 누워 고민해야만 했다. 꼬리에 꼬리를 물고 답을 찾다 보면 좋은 점도 있었다. 머릿속에 있는 복잡한 생각이 한줄기로 정리되었고, 작업에 한층 깊이와 발전을 더해갈 수 있었다.

'간섭'과 '관섭'은 질적으로 다르다. 어떠한 직접적인 관련 없이 남의 일에 부당하게 첨언 하면 그것은 간섭이다. 하지만 악의가 없는 순수한 첨언은 생각지도 못한 순간 사람을 성장시킨다. 그런 면에서 부모님은 아주 친밀한 관섭꾼이다. 내가 '관계의 섭리(관섭)'를 결코 허투루 하지 않는 이유다.

헛간을 중심으로 발걸음을 옮기며 다음 작품을 구상 중이다.

여러 형태로 가공할 수 있는 뭉툭한 통나무는 자연이 나에게 선물해준 최고의 재료다.

간섭과 관섭 2

○

해내는 사람들은 뭐가 달라도 다르다. 자신만의 세계관이 뚜렷하고, 스스로를 누구보다 사랑한다. 경우에 따라서는 살아가는 데 꼭 필요한 긍정적 자원이자 지혜이고, 용기의 근원이다. 하지만 이러한 생각은 자칫 과도한 나르시시즘에 빠지거나, 타인의 말에 조금도 귀 기울이지 않는 우를 범할 수도 있다. 따라서 끊임없는 자기 객관화가 필요하다. 있는 그대로 나를 바라봐주는 누군가의 한마디. 나는 특히나 그런 지인들의 관심을 고파하는 편이다. 그들이 무심코 던지는 본능에 충실한 평가가 전혀 다른 시선을 가져다주기 때문에. 그들은 나에 대해 잘 알고 있다. 하지만 그림에 대해선 잘 모른다. 그 때문에 어떤 편협한 시각이나 잣대에 기대지 않고 있는 그대로 솔직한 의견을 전할 수 있다. 그러니까 "툭". 정말 '툭'. 어떠한 계산 없이 자신의 진심을 전할 줄 아는 사람을 곁에 두는 것은 중요하다. 어떤 의미에서 우리는 아주 가까운 데서 생의 답을 얻는 셈이다.

장마리아, 〈In Between−Permeation (Red)〉, 2021

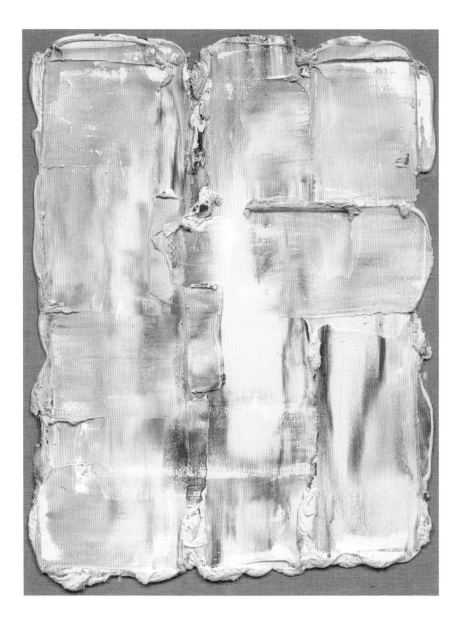

장마리아, 〈In Between-Permeatation〉, 2022

장마리아, 〈In Between−Permeation〉, 2022

아주 심플한 질문

○

2022년 6월, 마침내 꿈에 그리던 가장 큰 단독 전시회를 열었다. 가파른 평창동 언덕길을 오르내릴 때면 늘 생각했었다. 죽기 전에 이곳 갤러리에 그림을 걸 수 있을까? 하지만 현실은 늘 과거보다 앞서 있는 법이었다. 무지갯빛 물들임의 향연, '퍼미에이션 시리즈'의 막이 오르고 있었다. 하지만 설렘은 오래가지 않았다. 무엇보다 덜컥 겁이 났다. 1관부터 3관까지 전 실을 채우는 개인전이 흔치 않았고, 그림을 덮는 습관 탓에 걸 수 있는 작품의 수가 턱없이 적었다. 전시에 필요한 그림은 모두 50여 점. 그렇게 몇 개월을 대규모 전시에 맞춰 그림을 완성하느라 눈코 뜰 새 없이 보냈다. 그러면서도 한편으로 고민했다. 이대로 도망칠까? 막다른 부담감으로 회피하고 싶은 욕구마저 들었다. 그 순간 나에게 던진 질문은 딱 하나였다. '나는 왜 그리는가?' 답은 명료했다. 나는 그림을 그리고 싶어서 화가가 되었다. 그리고 지금 하고 싶은 일을 마음껏 하고 있다. 그때부터 비로소 긴장의 끈을 내려놓고 작업을 즐길 수 있게 되었다. 스스로에게 주문을 걸며 약 3주간의 전시에 임했다. 결과적으로 옳은 답이었다. 때로는 마음을 다잡기 위해 많은 생각이 필요치 않다. 심플하게 생각하는 것이 더 빠른 해결책을 던져준다.

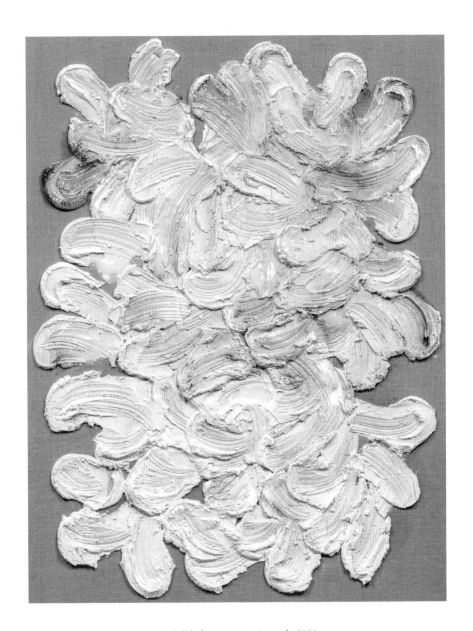

장마리아, 〈Permeation—Spring〉, 2022

들을 줄 아는 기술

○

사실 화가로서 주목받게 된 것은 그리 오랜 일이 아니다. 유명 갤러리 관계자가 파격적인 제안을 던진 것은 불과 3, 4년 전의 일. 당시 경매에 등장한 자신의 그림을 덥석 낙찰한 무명작가에게 소속 작가로서의 혜택과 100평 규모의 거대한 작업공간이 주어졌다. '팔리지도 않는 나를 왜 택했을까?' 언젠가 한 번은 이 풀리지 않은 의문을 짚고 넘어갈 생각이었다. 그리고 이번 개인 전시회를 빌어 용케 회심의 질문을 던질 수 있었다. 그러자 예상을 깨는 답변이 돌아왔다.

"나는 당신의 이런 점이 좋았어요. 다른 사람의 말을 귀담아듣고, 재해석하고, 발전시킬 줄 알잖아요. 또 거기서 끝이 아니라 그다음으로 가잖아요. 그게 참 좋아요."

그 대답은 한 사람의 가능성이나 잠재력에 관한 것이 아니었다. 무한한 스며듦이 선물한 어떤 새로운 지평에 관한 이야기였다.

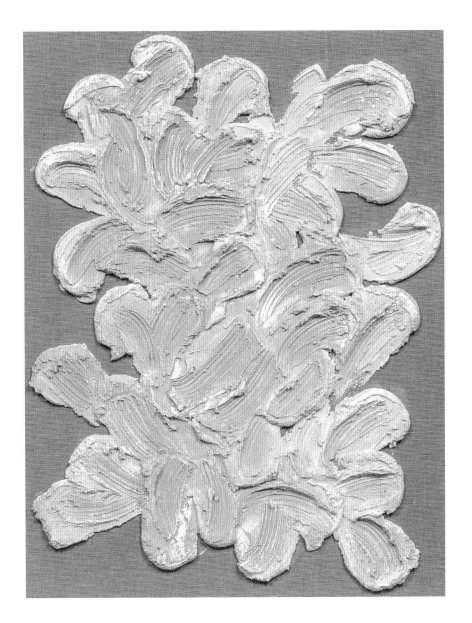

장마리아, 〈Permeation−Spring (Yellow)〉, 2022

느리게의 비밀

○

일화는 이것으로 끝이 아니다. 30대 초반에는 이런 일도 있었다. 선진미술을 경험한다는 명목 아래 미국의 한 전시회에 참석했다. 그 자리에는 다른 해외 관계자도 함께였다. 특히 푸른 눈을 한 여성이 나의 도록을 유심히 살폈다. 그러더니 관심을 보이며 그림 가격을 물었다. 관계자는 한 치의 망설임 없이 값을 불렀다. 순간 자존심이 상했다. 대학원을 막 졸업한 미대생이 받을 법한 턱없이 낮은 금액이었기 때문이다. 하지만 그런 나를 관계자는 서운해 말라며 다독였다. 그림 가격은 차차 올리면 되는 것이다. 한 번 올렸다 내리는 일은 있을 수 없다. 그러니 천천히 올라가는 것이 맞다. 그의 충고가 귓전에 내려앉은 직후부터 줄곧 겸허한 마음가짐으로 그림을 발전시켰다. 한편으로는 이렇게도 들렸다. 성공은 차차 경험해도 된다. 그러니 서두를 필요 없다. 천천히 올라가는 것이 맞다. 시간이 흐른 후 알 수 있었다. 누구에게나 마땅한 제값을 치를 적기가 있다는 것을.

장마리아, 〈Permeation−Spring〉, 2022

기쁘게 보내는 방법

◉

몸과 영혼을 갈아 넣어 만든 소중한 그림을 타인에게 보내기 싫었던 시절이 있었다. 작업이 고될수록 애착은 더 심해졌다. 하지만 그림보다 배움을 먼저 일러주던 원로 교수님은 정반대의 의견을 내놓았다.

"창고에 쌓아놔봤자 무슨 의미가 있겠니. 결국 나가서 빛을 봐야 그 그림이 역할을 하는 건데."

맞는 말이었다. 세상을 바라보는 태도마저 바꾼 겸허한 가르침이었다. 그러니 만에 하나 자신이 가치 있고 싶다면, 지금보다 더 많은 빛을 볼 수 있게 하라. 무엇도 혼자서는 영롱할 수 없다. 빛을 보아야지만 하나의 존재로 비상할 수 있다.

장마리아, 〈Permeation—Spring (Blue/Purple)〉, 2022

같은 하늘, 다른 그림

◉

성황리에 전시를 마친 이후로 그림을 찾는 주문이 쇄도했다. 하지만 원칙적으로 나는 주문을 받아 그림을 그리지 않는다. 아니, 조금 더 솔직해지자면 그리고 싶어도 그릴 수가 없다. 화폭 앞에서 느끼는 감정의 높낮이가 그때그때 달라지기 때문이다. 그리는 순간마다 나의 에너지가 바뀐다. 획의 방향과 속도에서도 차이가 난다. 불특정한 마음과 상황의 변화는 그때 그 순간만 존재하지, 시간이 지나면 소멸되어 더는 남아 있지 않다. 우리가 쌍둥이를 가리켜 닮았다고는 하지만, 같은 사람이라고 말하지 않는 이유다. 같은 배에서 나왔더라도 세상에 똑같은 그림이 존재할 수 없는 이유다.

검정 잉크와 글리터 스프레이, 글루가 놓인 작업대, 그리고 탄생하는 새로운 무엇들.

글리터가 발라진 돌을 자연광에 비추는 과정. 하나뿐인 명품을 만드는 것처럼 섬세함을 요하는 작업이다.

지금 살 수 있는 것

o

이름나고 뛰어난 작품을 보면 누구나 소유욕에 시달린다. 그런데
참 아이러니하다. 알려진 이름값에 그렇지 못한 평판이 뒤따른다.
하지만 한번 생각해볼 일이다. 독보적인 하나의 명품이 그 자리에
오르기까지 얼마나 많은 세월과 정성이 소요됐을지를. 명품은 그
러한 무형의 가치를 인정받는다. 오랜 시간에 걸쳐 재료와 방식을
연구하고 독창적으로 발전시킨 개인의 작품도 그렇다. 우리는 결
코 값비싼 금액을 치르고 껍데기의 허울을 사는 것이 아니다. 그
안에 간직된 환산할 수 없는 어떤 값진 스토리와 그에 걸맞는 새
로운 생명을 부여받는 것이다. 명품이 지니는 빼어난 가치는 사실,
보이지 않는 무엇에 더 가깝다.

다이아몬드의 법칙

◦

반짝이는 것을 좋아한다. 특히 다이아몬드가 그렇다. '루미너시티' 작업도 이런 호기심에서 시작되었다. 영원한 불변성을 간직한 광물에 대한 어떤 목마름이다. 흠집을 내려야 낼 수 없고 절대 부서지지 않는 영속성을 자랑한다. 그런데 그런 다이아몬드조차 깨지는 순간이 있다. 바로 '빛'이 없을 때다. 다이아몬드는 혼자서는 반짝일 수 없다. 태양이든 조명이든 비춰줄 대상이 없으면 엄청난 아름다움은 금세 시들고 만다. 진정한 아름다움은 빛을 관통하는 그 무엇에 있다.

깨진 거울 조각과 글리터, 커팅된 스톤을 섞어 탄생시킨 설치 작업.

반짝이는 것을 위하여 1

◉

그해 유난히도 반짝이는 작업에 몰두했다. 주변에 있는 것이라면 무엇이든 재료로 쓸 수 있었다. 특히 나의 이목을 붙잡은 재료는 값싸고 불투명한 흰색 돌이었다. 유럽 어디서나 쉽게 볼 수 있었다. 한 웅큼 쥐었던 손을 활짝 펼치자, 빛을 머금은 돌이 반짝거렸다. 그 돌에 하나씩 색을 입히고 말리는 작업을 거쳤다. 이유는 하나였다. 반짝임에 대한 갈망이 주체할 수 없이 커졌고, 모든 것은 빛을 받아야만 드러날 수 있으니까.

나는 눈에 어둠이 찾아오면서 빛이 얼마나 소중한지를 알았다. 하지만 내 안의 쨍한 컬러를 꺼내는 것만으로는 부족했다. 따라서 이를 하나의 작업으로 승화시켰다. 자연의 광물은 빛을 받아 반짝인다. 그리고 사람은 관계를 통해 발전한다. 결국 세상 어떤 사람도 혼자서는 빛날 수 없다는 사실을 그즈음 깨우쳤다. 그런 의미에서 우리에게도 자신을 비추는 사람이라는 빛은 언제나 필요하다.

흔하디 흔한 흰돌과 값싼 종이는 수채 물감과 글리터를 만나는 순간 존재의 이유를 얻는다.

반짝이는 것을 위하여 2

○

애틀란타는 언제나 내 마음속의 고향이다. 어린 시절 한국과 미국을 몇 차례씩 오가며 살아오다 서울에 정착했을 때도 그렇게 생각했다. 그런 어느 날의 오후였다. 갑작스레 자매들을 식탁 앞에 소집한 아버지는 대수롭지 않게 뜻밖의 선전포고를 날렸다. 너희 엄마와 나는 얼마 전 전 재산을 사회에 환원했다. 제2의 인생을 위해 새롭게 떠날 거야. 그리고 다음 달 바로 미국으로 이민을 갈 생각이다. 세상의 어느 부모가 이리도 자유로울 수 있을까.

그 후 부모님은 약속대로 미국으로 떠나셨고 애틀란타는 나의 두 번째 고향이 되었다. 그곳에서는 범접하기조차 힘든 전혀 다른 전원생활이 펼쳐진다. 끝을 알 수 없이 뻗은 너른 초원과 깊이를 가늠하기 힘든 숲이 미지와 무언의 영감을 가져다준다. 아버지가 가구를 짜는 헛간은 내게 천국이나 다를 바 없는 작업공간. 눈에 보이는 모든 것들이 새로운 작품의 시작이 된다. 이번에는 장작이다. 이곳저곳에 틈새가 갈라져 있다. 나는 그 공허해진 틈새 사이로 으깬 돌과 글리터를 발라 넣었다. 다 죽어가던 시커먼 고목에 생명을 입히는 과정이었다. 순간, 마치 숨을 불어넣는 것 같은 기분에 젖어 들었다.

204

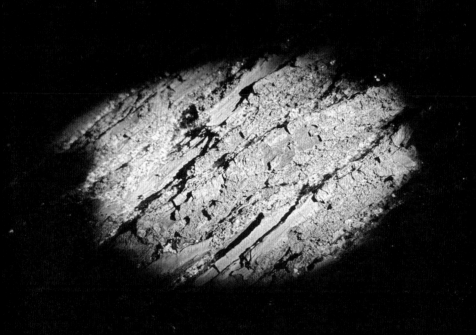

나뭇결 사이사이로 빛이 들어오는 순간, 죽어 있던 땔감은 새로운 이름을 얻는다.

당신의 세계는 귀하고 빛난다

○

결국 우리 모두는 반짝이기 위해 살아간다. 스스로 어둠 속에 갇히기 위해 살아가는 사람은 없다. 삶은 언제나 반짝여야 하며, 서로를 비추어야만 한다.

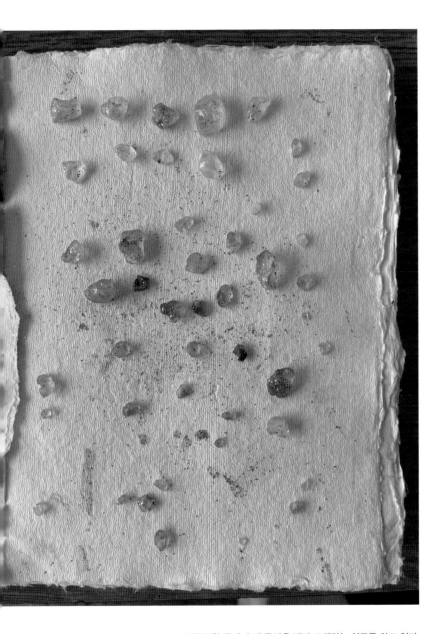

반투명한 돌에 수채 물감을 발라 도색하는 연구를 하고 있다.

그렇게 만들어간다

◎

색색의 다이아는 이름만큼이나 다양한 광채를 내뿜는다. 사실 세상 어디에도 존재 자체로 완전무결한 광물은 없다. 화산 활동으로 오랜 시간 쌓이고 틈이 벌어져, 여러 불순물이 침투해서 굳어질 때 만들어진다. 세상에 태어남과 동시에 빛을 보는 인생도 없다. 수많은 상실과 치유, 끝없는 변화와 자기 모색 속에 가장 순도 깊은 결정체가 한 영혼 위에 내려앉는다.

티끌이나 오점 없이는 완성될 수 없다. 외부의 수많은 자극과 변수들이 닥칠수록 우리는 더욱 강해지고 단단해진다. 또한 어떤 가치로운 것과도 바꿀 수 없는 고결한 표상은 오직 허물고 짓는 변화를 통해서만 완결될 수 있다. 마주하고 침투하고 변화하며 한층 반짝이는 것으로 나아가기 위해. 오늘도 그렇게 우리는, 너를 그리고 나를 만들어간다.

작업을 위해 집을 나서는 뒷모습은 언제나 가슴을 뛰게 만드는 순간이다.

장마리아 b. 1981 –

학력

2005 홍익대학교 미술대학 졸업

개인전

2022 시그니처 키친 스위트 청담 쇼룸, 서울

2022 Iridescent, 가나아트센터, 서울

2020 가나아트 사운즈, 서울

2019 미라보 프레스, 뉴욕, 미국

　　　뿐또블루, 서울

　　　호아드갤러리, 서울

2010 인사아트센터, 서울

단체전

2023 심상心象과 물성物性, 가나아트센터, 서울

2022 Winter Show 2022, 가나아트 보광, 서울

2021 MASTERS: 단색화, 해럴드아트데이, 서울

2020 Winter Show, 가나아트 사운즈, 서울

　　　REVEALED, 가나아트 부산, 부산

　　　한숨, 라휜갤러리, 서울

　　　장욱진을 찾아라, 양주시립장욱진미술관, 양주, 경기

　　　가나아뜰리에 젊은 작가전: MATTER, 인사아트센터, 서울

　　　JHATELIER 문화프로젝트: 같이의 가치, 인사아트센터, 서울

2019 CHANGE: 달리보기, 인사아트센터, 서울

2018 미술관 옆 아뜰리에, 가나아트파크, 양주, 경기

2010 예술실천, 갤러리세줄, 서울

주요 프로젝트

2022 In Between-Spring Series, 구호 한남 플래그십 스토어, 서울

2021 엠 샤푸티에 와인콜라보, 프린트베이커리, 서울

레지던시

2022 파리국제예술공동체 레지던시, 파리, 프랑스

2021 뉴욕 미라보 프레스 레지던시

2019 뉴욕 미라보 프레스 레지던시

2015-22 가나아뜰리에 입주

Maria Chang b. 1981-

Education

2005 Hongik University College of Fine Arts, Seoul, Korea

Solo Exhibitions

2022 Signature Kitchen Suite Cheongdam Showroom, Seoul, Korea

2022 *Iridescent*, Gana Art Center, Seoul, Korea

2020 *Maria Chang*, Gana Art Sounds, Seoul, Korea

2019 Mirabo Press, New York, NY, US

Punto Blu, Seoul, Korea

HOARD Gallery, Seoul, Korea

2010 Insa Art Center, Seoul, Korea

Group Exhibitions

2023 *Image and Matter*, Gana Art Center, Seoul, Korea

2022 *Winter Show 2022*, Gana Art Bogwang, Seoul, Korea

2021 *MASTERS: Dansaekhwa*, Herald Artday, Seoul, Korea

2020 WINTER SHOW, Gana Art Sounds, Seoul, Korea

REVEALED, Gana Art Busan, Busan, Korea

La Heen Gallery, Seoul, Korea

Where's Ucchin, Chang Ucchin Museum of Art, Yangju, Korea

Matter, Insa Art Center, Seoul, Korea

JHATELIER Culture Project: We All Together, Insa Art Center, Seoul, Korea

2019 *Change*, Insa Art Center, Seoul, Korea

2018 *Art Museum by the Atelier*, Gana Art Park, Yangju, Korea

2010 *Art Practice*, Gallery Sejul, Seoul, Korea

Selected Projects

2022 *In Between-Spring Series*, Kuho Hannam Flagship Store, Seoul, Korea

2021 M.CHAPUTIER X CHANG MARIA, Print Bakery, Seoul, Korea

Residency

2022 The Cité internationale des arts, Paris, France

2020 Mirabo Press, New York, NY, US

2019 Mirabo Press, New York, NY, US

2015-22 Gana Atelier, Yangju, Korea

장마리아 Maria, Chang

최근 미술계에서 가장 주목받고 있는 화가. 홍익대학교 미술대학에서 섬유미술을 전공했다. 국내 최대 규모의 아트페어 '키아프KIAF'가 선택한 화가로 트렌드에 민감한 MZ세대와 셀럽, 인플루언서 사이에서 유명세를 탔다. 가나아트센터의 전속 아티스트로 2020년 개인전을 연 이래 경매 출품가만 무려 10배를 기록했다. 30대 초반 그림 작업을 전개하다 망막 변성으로 한쪽 시력을 잃은 화가는 기존의 화풍을 벗어던지는 과감함으로 자신만의 성공적인 작품세계를 열었다. 짜임이 거칠고 뚜렷한 황마천 위에 질감과 색채가 살아 있는 젤스톤을 두텁게 쌓아 올리는 것이 특징이다. 2010년부터 인사아트센터를 시작으로 뉴욕 미라보 프레스, 가나아트센터, 프린트베이커리 등 국내외 유수 갤러리에서 작품을 선보였다. 국내 최초로 세계적인 프랑스 명품 와이너리 엠 샤푸티에와 콜라보를 진행했으며, 삼성패션의 컨템포러리 브랜드 구호KUHO와 캠페인을 여는 등 두드러진 행보를 보이고 있다.

그렇게 나를 만들어간다

2023년 8월 9일 초판 1쇄

지은이 장마리아
펴낸이 박시형, 최세현

책임편집 윤정원 **디자인** 데시그 김진영
마케팅 권금숙, 양근모, 양봉호, 이주형 **온라인마케팅** 신하은, 현나래, 최혜빈
디지털콘텐츠 김명래, 최은정, 김혜정 **해외기획** 우정민, 배혜림
경영지원 홍성택, 김현우, 강신우 **제작** 이진영
펴낸곳 (주)쌤앤파커스 **출판신고** 2006년 9월 25일 제406-2006-000210호
주소 서울시 마포구 월드컵북로 396 누리꿈스퀘어 비즈니스타워 18층
전화 02-6712-9800 **팩스** 02-6712-9810 **이메일** info@smpk.kr

ⓒ 장마리아 (저작권자와 맺은 특약에 따라 검인을 생략합니다.)
ISBN 979-11-6534-777-2 (03810)

쌤앤파커스(Sam&Parkers)는 독자 여러분의 책에 관한 아이디어와 원고 투고를 설레는 마음으로 기다리고 있습니다. 책으로 엮기를 원하는 아이디어가 있으신 분은 이메일 book@smpk.kr로 간단한 개요와 취지, 연락처 등을 보내주세요. 머뭇거리지 말고 문을 두드리세요. 길이 열립니다.